Die Knickerbocker-Bande

Thomas Brezina

Das Internat der Geister

Krimiabenteuer Nr. 57

Mit Illustrationen von Jan Birck

Ravensburger Buchverlag

DIE KNICKERBOCKER BANDE

STECKBRIEFE

HALLO,
ALSO HIER MAL IN KÜRZE
DAS WICHTIGSTE ÜBER UNS:

POPPI

NAME: Paula Monowitsch
COOL: Tierschutz
UNCOOL: Tierquäler, Angeber
LIEBLINGSESSEN:
Pizza (ohne Fleisch,
bin Vegetarierin!!!)
BESONDERE KENNZEICHEN:
bin eine echte Tierflüsterin –
bei mir werden sogar Pitbulls
zu braven Lämmchen

DOMINIK

NAME:
Dominik Kascha
COOL: Lesen, Schauspielern
(hab schon in einigen Filmen und
Theaterstücken mitgespielt)
UNCOOL: Erwachsene, die einen bevormunden
wollen, Besserwisserei (außer natürlich, sie kommt
von mir, hähä!)
LIEBLINGSESSEN: Spaghetti
(mit tonnenweise Parmesan!)
BESONDERE KENNZEICHEN:
muss immer das letzte Wort haben und kann so
kompliziert reden, dass Axel in seine Kappe beißt!

AXEL

NAME: Axel Klingmeier
COOL: Sport, Sport, Sport (Fußball und vor allem Sprint, bin Schulmeister, habe sogar schon drei Pokale gewonnen)
UNCOOL: Langweiler, Wichtigtuer
LIEBLINGSESSEN: Sushi … war bloß'n Witz (würg), also im Ernst: außer Sushi alles! (grins)
BESONDERE KENNZEICHEN: nicht besonders groß, dafür umso gefährlicher (grrrrrr!)

LILO

NAME: Lieselotte Schroll (nennt mich wer Lolli, werde ich wild)
COOL: Ski fahren, Krimis
UNCOOL: Weicheier, Heulsusen
LIEBLINGSESSEN: alles, was scharf ist, thailändisch besonders
BESONDERE KENNZEICHEN: blond, aber unheimlich schlau (erzähl einen Blondinenwitz und du bist tot …)

Bibliografische Information Der Deutschen Bibliothek

Die Deutsche Bibliothek verzeichnet diese Publikation
in der Deutschen Nationalbibliografie;
detaillierte bibliografische Daten sind im Internet über
http://dnb.ddb.de abrufbar.

1 2 3 4 5 10 09 08 07 06

Umschlagillustration: Jan Birck
Printed in Germany
ISBN 3-473-47095-3

www.ravensburger.de
www.thomasbrezina.com
www.knickerbocker-bande.com

INHALT

EIN VATER WIRD ZUM SCHÜLER

Es kostete den Mann, der Axels Vater gegenüber Platz genommen hatte, viel Überwindung zu sagen: „Ich … ich brauche … die Hilfe deines Sohnes Axel."

Herr Klingmeier, der kerzengerade auf seinem Bürostuhl saß und die Hände auf die Schreibtischkante gelegt hatte, schluckte. Seine Augen wurden weit und groß und eine tiefe nachdenkliche Falte zog sich quer über seine Stirn.

„Herr Doktor Laudansky, haben Sie gerade gesagt, Sie bräuchten die Hilfe meines Sohnes?"

Der stattliche Mann schien zu schrumpfen und in seinem grauen Anzug fast zu verschwinden. So hatte ihn Herr Klingmeier noch niemals erlebt.

„Ja, Lothar, du hast richtig gehört."

„Ich fürchte, das müssen Sie mir schon näher erklären", hakte Herr Klingmeier nach und fügte hastig ein höfliches „bitte" hinzu.

Vor der Tür des Arbeitszimmers stand Axel und spähte durch das Schlüsselloch. Seine Knickerbocker-Freundin Lilo hatte das Ohr an das dunkle Holz der Tür gepresst, damit ihr auch bestimmt kein Wort entging. Hinter den beiden zappelten ungeduldig Poppi und Dominik.

„Ich will jetzt auch einmal", drängte Dominik. „Schließlich bekommt man nicht oft die Gelegenheit, einen Vater zu beobachten, der mit seinem früheren Lehrer spricht."

„Und sich noch immer fast in die Hosen macht, wenn er den Lehrer sieht!", fügte Poppi hinzu.

„Normalerweise sitzt Vati nie so aufrecht", flüsterte Axel grinsend. „Er hat die Hände auf dem Tisch wie ein Erstklässler in einer Schule von vor hundert Jahren. Ob ihm dieser Doktor Laudansky früher eins mit dem Rohrstock übergezogen hat?"

„Pssst", zischte Lieselotte. „Weißt du, was er gerade gesagt hat?"

Mit tiefer, verstellter Stimme ahmte Axel den Lehrer nach und sagte leise: „Hast du auch deine Hausaufgaben gemacht, Lothar?"

„Quatsch!" Lilo versetzte Axel einen Stoß mit

dem Ellbogen. „Der ehemalige Lehrer deines Vaters ist gekommen, weil er von dir etwas möchte."

Erschrocken richtete sich Axel auf. „Was? Von mir? Haben die in diesem Folter-Internat nicht mehr genug Sträflinge? Müssen die Lehrer jetzt bei den früheren Schülern um neue Opfer betteln? Oder hat Vati ihn gerufen, um ..." Er brach ab und kaute auf der Lippe herum.

„Folter-Internat?", wiederholte Poppi ungläubig. „Das ist doch übertrieben."

„Du hast Recht", sagte Axel, „Kerker passt besser. So jedenfalls hat es Vati mir immer beschrieben. Das Internat Eulenturm ist bekannt für seine Strenge. Dort kommen vor allem Jungen hin, mit denen sonst keiner fertig wird."

Poppi seufzte erleichtert. „Uns Mädchen bleibt so etwas zum Glück erspart."

„Denkste!" Axel grinste breit. „Das Internat Eulenturm nimmt neuerdings auch Mädchen."

Lilo legte ihren Arm um Poppis Schulter. „Keine Sorge, wir gelten dort bestimmt als hoffnungslose Fälle. Uns nehmen sie nicht."

Nach Lachen war Axel im Augenblick nicht zumute. Erst vor zwei Wochen, als er wieder mehrere schlechte Noten in der Schule bekommen hatte, hatte ihm sein Vater gedroht, ihn in das Internat zu stecken, wenn sich seine Leistungen nicht besserten. Aus diesem Grund war Axel auch sehr erschrocken, als sich plötzlich der ehemalige Klassenlehrer seines Vaters angekündigt hatte.

Vor einer Viertelstunde war er am Gartentor aufgetaucht. Er hatte Axel sofort an einen Oberst erinnert: Das eisgraue Haar war links streng gescheitelt, der buschige Oberlippenbart exakt gestutzt und der Anzug passte wie eine Uniform.

Die Knickerbocker-Bande hatte seine Ankunft von Axels Zimmer im ersten Stock aus beobachtet. Herr Klingmeier war auf einmal wieder zu einem kleinen Schuljungen geworden, der sich vor seinem Lehrer tief verneigte. Keine Spur mehr vom lockeren Geschäftsmann, als den ihn sein Sohn und der Rest der Bande kannten.

Axels Herz schlug schneller, als er sich wieder zum Schlüsselloch beugte. Er bedeutete den anderen still zu sein.

Doktor Laudansky kauerte zusammengesunken im Stuhl vor dem modernen Schreibtisch und klammerte sich an seiner abgenutzten Aktentasche fest. Herr Klingmeier saß aufrecht auf der anderen Seite und fixierte den Lehrer. Er wusste nicht, was er von dem Besuch halten sollte.

„Lothar, beim letzten Klassentreffen hast du er-

zählt, dein Sohn habe kriminalistische Fähigkeiten. Er und ein paar Freunde hätten schon kleinere Fälle aufgeklärt", redete der Lehrer endlich weiter.

„Ja, so ist es!" Herr Klingmeier seufzte tief. „Uns Eltern rauben die vier von der Knickerbocker-

Bande jede Menge Schlaf. Sie können sich vorstellen, dass wir nur allzu oft in größter Sorge um die Kinder sind."

Der Lehrer überhörte die letzten Sätze einfach. „Könntest du uns deinen Sohn ...", Herr Laudansky legte eine lange Pause ein und setzte dann erneut an, „könntest du uns deinen Sohn für eine Woche oder so borgen?"

Herrn Klingmeier öffnete erschrocken den Mund. „Borgen? Haben Sie wirklich ‚borgen' gesagt?"

Der alte Lehrer nickte kurz.

„Ich fürchte, ich verstehe nicht, was Sie meinen, Herr Doktor Laudansky."

Auf einmal richtete sich der Lehrer wieder auf, als hätten ihn unsichtbare Fäden nach oben gezogen. Steif saß er da und schimpfte: „Also Lothar, denk bitte mit. Kannst du nicht zwei und zwei zusammenzählen?"

Draußen vor der Tür fiel Axel ein Stein vom Herzen. Er sollte also nicht ins Internat geschickt werden, weil er schlecht in der Schule war. Offenbar passierten Dinge in Eulenturm, die untersucht werden sollten.

„Ich hoffe, du unterstützt deine alte Schule und lässt deinen Sohn eine Woche lang bei uns!", verlangte der Lehrer forsch.

Axels Vater erinnerte jetzt an einen Schüler, der überhaupt nichts mehr wusste. Völlig verwirrt schüttelte er den Kopf.

Herr Laudansky beugte sich über den Tisch näher zu ihm und sagte mit gesenkter Stimme: „Die Lehrerschaft des Internats wird von Geistern gequält."

„Wie bitte?" Herr Klingmeier machte ein ziemlich verständnisloses Gesicht. Langsam kam ihm der Verdacht, dass sein alter Lehrer, vor dem er noch immer größten Respekt hatte, nicht ganz richtig im Kopf war.

„Du bist wirklich schwer von Begriff", schimpfte Doktor Laudansky. „Hol endlich deinen Sohn! Ich könnte mir vorstellen, dass so ein Hobbykriminalist mich besser versteht."

Ein Stuhl wurde gerückt und Herr Klingmeier ging Richtung Tür. Draußen schnellte Axel in die Höhe und bedeutete seinen Freunden, schleunigst zu verschwinden. Doch es war zu spät. Die Tür zum Arbeitszimmer wurde geöffnet und Herr Klingmeier stand der Knickerbocker-Bande gegenüber.

„Habt ihr gelauscht?", fragte er misstrauisch.

„Wie kommen Sie auf eine solche Idee?", fragte Dominik mit gespielter Entrüstung. Er hatte großes Talent zum Schauspieler. „Wir wollten uns gerade ein Lexikon von Ihnen borgen."

„Kommt rein, es will euch jemand sprechen!“, erklärte Herr Klingmeier und gab den Weg frei.

„Wer denn, Vati?“, fragte Axel unschuldig.

Lilo versetzte ihm von hinten einen sanften Stoß. „Übertreib nicht!“

Gespannt traten die vier vor den alten Lehrer, der sie durch seine kleine Brille kritisch musterte.

„Die sehen aber nicht aus, als besäßen sie kriminalistisches Gespür“, war seine erste Reaktion. Doktor Laudansky schüttelte enttäuscht den Kopf. „Nein, ich habe mir da wohl etwas eingebildet, was gar nicht möglich ist.“

„Halt! Sie irren sich. Wir … wir können jeden Fall lösen. Wir kommen auch Geistern auf die Spur!“, platzte Axel heraus.

„Ihr habt also doch gelauscht!“, sagte sein Vater streng.

Der alte Lehrer schlug mit der flachen Hand auf den Tisch, dass es knallte. Erschrocken zuckten die vier Knickerbocker zusammen.

DER GEISTERJUNGE

„Lass nur, Lothar!" Herr Laudansky bedeutete Herrn Klingmeier, zur Seite zu gehen. „Es war nur eine kleine Prüfung und die Kinder haben bestanden."

Fragend sahen die Knickerbocker einander an. Was sollte das nun wieder heißen?

„Ich wäre sehr enttäuscht gewesen, wenn ihr nicht gelauscht hättet", erklärte der Lehrer. „Echte Detektive müssen neugierig sein. Auch wenn es sonst Strafarbeiten für Lauschen an der Tür gibt, ist das in diesem Fall etwas anderes. Eure Namen?" Der Lehrer deutete mit dem knochigen Zeigefinger von einem Mitglied der Bande zum anderen. Gehorsam nannte jeder seinen vollen Namen.

„Axel! Aha!" Der Lehrer nickte langsam. „Du bist

also der Sohn des schwierigsten Schülers meines Lehrerlebens." Er warf einen kurzen Blick zu Herrn Klingmeier, der ein ertapptes Gesicht machte. „Spaß beiseite", meinte der Lehrer. „Ich möchte, dass ihr eine Woche in unserem Internat verbringt. Ihr sollt euch wie ganz normale Schüler benehmen, dabei aber herausfinden, was es mit diesen Geistern auf sich hat."

„Unmöglich", warf Herr Klingmeier ein. „Die vier müssen doch in ihre eigene Schule."

„Wir haben ab übermorgen Herbstferien", erinnerte Axel seinen Vater.

Lieselotte bohrte die Hände in die Taschen ihrer Jeans und fragte: „Können Sie uns mehr über diese Geister erzählen?"

„Hände raus, wenn du mit mir sprichst!", verlangte Doktor Laudansky. Sofort zog Lieselotte die Hände aus den Taschen, ließ sie verlegen baumeln und verschränkte sie dann hinter dem Rücken. Doktor Laudansky redete mit ihnen wie ein General mit Soldaten.

Die vier Knickerbocker standen vor ihm stramm und wagten kaum zu atmen. Von dem Lehrer ging eine Strenge aus, die ihnen Respekt einflößte.

„Ich würde es nicht glauben, hätte ich es nicht selbst gesehen", begann der Lehrer zu berichten.

„Meine Kollegin Vogelwein war das erste Opfer. Da sie zu Übertreibungen neigt, schenkten wir ihrer Aufregung keine Beachtung. Zwei weitere Kollegen hatten danach aber ähnliche Erlebnisse. Noch immer hielt ich das Gerede über ‚Geister' im Internat für einen Scherz, den meine Kollegen ausgeheckt hatten. Vor drei Tagen begegnete ich dann selbst einem."

Gebannt hingen die vier Freunde an seinen Lippen. Wieso redete er nicht weiter? Warum legte der Lehrer ausgerechnet jetzt eine so lange Pause ein?

„Und? Wie war's?", drängte Axel.

„Ich erlaube keine Unterbrechungen und ihr redet nur, wenn ihr gefragt werdet!", kommandierte Herr Laudansky.

Die Mitglieder der Bande wechselten missmutige Blicke. Mussten sie sich das gefallen lassen?

„Ich inspizierte die Zimmer der Schüler, während sie im Freien Sport betrieben. Es gibt immer wieder Faulpelze, die sich vor dieser körperlichen Ertüchtigung drücken wollen. In Zimmer 578 ist es dann geschehen." Der Lehrer fuchtelte nervös mit den faltigen Händen. „Auf einmal saß ein Junge vor mir. Mit spöttischem Gesichtsausdruck und in lächerlicher Kleidung, wie sie vor hundert Jahren üblich war. Er grinste mich frech an. Breit und frech." Herr

Laudansky verzog den Mund zu einem Haifischgrinsen, um zu demonstrieren, wie der Geist ihn angestarrt hatte. „Ich war im ersten Augenblick – gerne gebe ich es nicht zu – doch ich war fassungslos. Natürlich hielt ich die Erscheinung für einen Scherz und dachte, ein Schüler habe sich verkleidet. Ich sprach ihn an und befahl ihm, den Unsinn sofort bleiben zu lassen. Doch der Bengel reagierte nicht."

Axels Vater hatte sich auf eine Ablage des Bücherregals sinken lassen und hörte angespannt und mit offenem Mund zu.

„Lothar, Mund zu!", kam sofort ein Rüffel von seinem ehemaligen Lehrer. Ertappt machte Herr Klingmeier den Mund tatsächlich zu.

„Schließlich wollte ich den Bengel am Arm packen. Also machte ich einen Schritt auf den Stuhl zu und griff nach dem Bürschchen." Der Lehrer spielte den vieren vor, wie er das getan hatte. „Meine Finger bekamen aber nichts zu fassen. Nur Luft. Vor mir hockte eine Gestalt aus pulsierendem grünem Licht, ohne Körper."

Bei dieser Erinnerung traten ihm Schweißperlen auf die Stirn. Er zog ein sorgfältig gefaltetes Stofftuch aus der Innentasche und wischte sich damit über das Gesicht.

„Ich hatte das Gefühl, dass mich der Geisterjunge auslachte. Sein Grinsen war einfach widerlich. Niemals würde ich mir so ein Benehmen von einem … einem …“, der Lehrer suchte nach dem richtigen Wort, „… einem lebenden Schüler unseres Internates gefallen lassen.“

Herr Laudansky atmete schwer. Keuchend lehnte er sich zurück und sah die Bande mit erhobenen Augenbrauen an.

„Sind jetzt wir an der Reihe?“, fragte Lieselotte vorsichtig.

„Redet! Wie lautet eure Meinung dazu?“ Er gab ihnen das Zeichen zu sprechen. Herr Laudansky schien die Rolle des Lehrers nie ablegen zu können.

„Geister gibt es nicht“, erklärte Lilo.

Der Lehrer fuhr in die Höhe und bekam einen knallroten Kopf. Seine Stimme war auf einmal gepresst, weil er sich zwang, nicht loszuschreien: „Willst du behaupten, ich lüge? Oder willst du mir unterstellen, diese Geschichte erfunden zu haben?“

Lilo schüttelte den Kopf. „Nein, will ich nicht. Ich will nur sagen: Sie haben etwas gesehen, das wie ein Geist aussah, aber niemals eine echte Spukgestalt sein kann.“

Herr Laudansky ließ sich wieder auf den Stuhl fallen. „Das klingt durchaus logisch. Es war auch schon mein Gedanke. Bisher konnten wir Lehrer geheim halten, was wir beobachtet haben. Dringt es aber zu den Schülern, machen wir uns zum Gespött. Man wird uns für verrückt halten."

„Stell ich mir krass vor, wenn man plötzlich einem Geisterjungen gegenübersteht", meinte Axel und grinste vor sich hin.

„Es war nicht ‚krass', sondern schockierend", sagte Herr Laudansky. „Meine Kollegin Vogelwein hatte bereits drei Begegnungen dieser Art und erlitt bei der dritten einen Nervenzusammenbruch. Sie liegt im Krankenhaus."

„Wenn Sie wollen, übernehmen wir den Fall und sehen uns die ‚Geister' einmal an", bot Lieselotte locker an.

„Ja, ich will das", bestätigte Doktor Laudansky. „Aber ich verlange von euch absolute Geheimhaltung. Es darf niemand erfahren, aus welchem Grund ihr euch im Internat aufhaltet."

„Das ist auch für uns sehr wichtig", stimmte Lieselotte zu. „Wir müssen unbedingt undercover arbeiten."

„Undercover?" Der Lehrer wiederholte das Wort, als wäre es giftig.

„Verdeckt", übersetzte Dominik. „Der Ausdruck kommt aus der Sprache der Geheimagenten."

„Dann ermittelt also ‚undercover', aber liefert mir so schnell wie möglich eine Erklärung für die unheimlichen Ereignisse. Lothar, du bist doch damit einverstanden?" Er warf Axels Vater einen strengen Blick zu, der keinen Widerspruch duldete.

Herr Klingmeier holte Luft, um seine Bedenken auszusprechen, ließ es dann aber bleiben. Er wusste, dass er gegen seinen früheren Lehrer keine Chance hatte. Was sich der in den Kopf setzte, bekam er auch.

Axel hielt sich die Hände vor den Mund, damit sein Vater nicht sah, wie er lachte. Axel ahnte nicht, wie schnell ihm das Lachen bei diesem Fall vergehen würde. Was die Knickerbocker-Bande im Internat Eulenturm erwartete, war schlimmer als echter Spuk.

ABER SIE IST TOT ...

Die Ankunft der Knickerbocker war für Sonntag, pünktlich um siebzehn Uhr, vereinbart. Herr Klingmeier selbst brachte die vier zum Internat, das am Ufer des Mühlensees lag.

Hinter einer hohen Backsteinmauer ragten die Kronen uralter Bäume auf. Kupferrot, orangegelb und kastanienbraun leuchtete das herbstliche Laub, das vom Wind mehr und mehr von den Ästen gerissen wurde.

Stumm deutete Axel zur Kuppe der Mauer. Lilo musste sich auf der Rückbank über ihn beugen, um einen Blick nach oben werfen zu können. Sie verstand sofort, was Axel meinte: Damit die Mauer nicht überklettert werden konnte, waren scharfe und spitze Glasscherben oben in den feuchten Beton eingearbeitet worden. Es war unmöglich, sich irgendwo abzustützen, ohne sich die Hände zu zerschneiden.

„Soll das unerwünschte Eindringlinge abhalten oder Ausbrecher an der Flucht hindern?“, raunte Lilo Axel zu.

„Letzteres eher!“, lautete seine Antwort.

Als die dunkelblaue Limousine von Herrn Klingmeier vor einem breiten Gittertor hielt, trat ein dickbauchiger Mann aus einem Portierhäuschen, zog sich die rutschende Hose hoch und kam zum Fahrerfenster gestapft. Misstrauisch beäugte er Axels Vater.

„Ja, bitte?“

„Ich bringe vier neue Schüler. Doktor Laudansky erwartet sie bereits.“

Der Portier holte ein Klemmbrett aus dem Häuschen und ließ den Finger suchend über einen Zettel wandern. Er nickte schließlich und drückte einen Schalter. Elektrisch wurde das Tor nach innen aufgeklappt. Das Auto rollte über einen asphaltierten Weg, der sich durch den Park zog, an einem Fußballfeld, zwei Tennisplätzen und einem verwaisten Swimmingpool vorbeiführte und schließlich vor einem hohen hellen Bau endete.

Neugierig sprangen die vier Mitglieder der Bande

aus dem Wagen und betrachteten das Bauwerk. Es war nicht ein einziges großes Haus, sondern bestand aus mehreren Teilen und Flügeln, die alle von unterschiedlicher Höhe waren.

„Immer, wenn die mehr Platz brauchten, haben sie wohl ein Stückchen angebaut", stellte Dominik fest.

„Sieht echt aus wie ein Termitenhügel", spottete Poppi.

Für die vier war es ein angenehmes Gefühl, an eine Schule zu kommen, an der Prüfungen und Tests für sie nicht galten. Sie mussten zwar alles mitmachen, doch egal welche Noten sie bekamen, durchfallen konnten sie nicht.

Das Eingangstor war vergittert. Die Bande hörte ein kurzes Summen, bevor es von innen geöffnet wurde. Mit steifen Schritten trat Doktor Laudansky ins Freie.

„Ich begrüße euch im Internat Eulenturm", sagte er förmlich.

Herr Klingmeier trat vor den Lehrer und schüttelte ihm die Hand. „Erinnern Sie sich an mich? Ich war einmal Ihr Schüler", stellte er sich vor.

Herr Laudansky überlegte kurz und nickte dann. Er hatte mit Axels Vater verabredet, dass sie so tun sollten, als hätten sie einander schon viele Jahre nicht gesehen. Niemand durfte Verdacht schöpfen, dass der Lehrer die Knickerbocker-Bande absichtlich ins Internat geholt hatte.

Aus dem Kofferraum zogen die vier große Koffer. Zuerst hatte jeder nur eine kleine Tasche mitnehmen wollen, doch das wäre aufgefallen. Es sollte aussehen, als würden sie das ganze Schuljahr im Internat verbringen, und dafür benötigte man mehr, als in einer kleinen Tasche Platz hatte.

Axel, Lilo, Poppi und Dominik folgten dem alten Lehrer in einen langen Gang, von dem mehrere Treppen und weitere Gänge wegführten. Schritte näherten sich und auf der rechten Seite kam ein Junge die letzten Stufen heruntergesprungen. Er hatte einen blonden Wuschelkopf und trug eine kleine runde Brille.

„Theo, ich habe dir schon öfter gesagt, du sollst nicht springen", ermahnte ihn Laudansky.

„Tut mir Leid, hab's vergessen!", entschuldigte sich der Junge betreten.

„Eines Tages wirst du deinen Kopf vergessen", spottete der Lehrer.

Lilo und die anderen sahen einander an und verdrehten die Augen.

„Theo wird euch beide zu eurem Zimmer bringen", erklärte Laudansky Axel und Dominik. „Packt aus. Um halb sieben Uhr gibt es Tee im Speisesaal. Meldet euch bei mir."

„Machen wir", versprach Axel.

„Machen wir, Herr Laudansky", verbesserte ihn der Lehrer streng.

Theo schnitt hinter seinem Rücken eine Grimasse und bedeutete den Jungen, ihm zu folgen. Axel und Dominik zerrten die großen Koffer über die Treppe nach oben.

„Und, wieso habt ihr hier Haft bekommen?", erkundigte sich Theo grinsend.

„Na ja, sind beide von der Schule geflogen, weil wir dem Lehrer die Autoreifen aufgestochen haben", schwindelte Axel. Der Einfachheit halber waren sie im Internat als Brüder angemeldet worden und hießen beide Klingmeier.

„Dann passt ihr zu uns", meinte Theo. „Wir lassen die Erzieher im Glauben, dass sie lammfromme Schäfchen aus uns machen. Wenn sie aber gerade nicht hersehen, geht die Post ab."

Für Lilo und Poppi, die ebenfalls als Schwestern eingetragen waren und als Nachnamen Schroll gewählt hatten, erschien ein Mädchen mit langen pechschwarzen Haaren. Ihr Gesicht wirkte sehr bleich, die Augen hatte sie halb geschlossen, als wäre sie gerade am Einschlafen.

„Ich bin gekommen, um die Neuen abzuholen“, näselte sie.

Herr Laudansky deutete auf die Mädchen. „Zeige ihnen bitte ihr Zimmer.“ Zu Lieselotte und Poppi gewandt sagte er: „Um halb sieben Uhr zum Tee erwarte ich auch euch.“

Das Mädchen ging mit schlurfenden Schritten einen Seitengang entlang. Ohne sich umzudrehen, sagte sie: „Damit eines klar ist: In unserem Trakt hat Luisa das Kommando. Wagt es nicht, aus der Reihe zu tanzen. Das kann sie nicht leiden.“

„Wie heißt du eigentlich?“, fragte Lilo unbeeindruckt.

„Tamara. Und ihr?“

Lilo und Poppi stellten sich vor, Tamara schenkte ihnen aber trotzdem keinen Blick. Sie mussten eine kleine Treppe nach oben, wieder durch einen Gang, dann ein paar Stufen hinunter und durch einen Glasgang, von dem man bis zum Ufer des Sees blicken konnte.

Schließlich erreichten sie einen Trakt mit vielen Zimmern. Die Türen waren grau. Tamara führte sie zu Zimmer Nummer 954. „Hier schlaft ihr. Wenn ihr heute Abend etwas hört, bleibt ja drinnen. Neue haben bei unseren Treffen nichts verloren.“

„Treffen, was für Treffen?“, fragte Lilo.

Tamara beachtete sie nicht und ging einfach davon.

„Und vielen Dank für die freundliche Begrüßung!“, rief Lieselotte ihr nach.

Diesmal drehte sich Tamara um und funkelte sie aus verengten Augen böse an. „Versuch nicht, hier witzig zu sein, das ist unerwünscht.“

Lilo öffnete die Tür und betrat das Zimmer. Poppi spähte an ihr vorbei.

„Nicht gerade gemütlich“, stellte sie fest.

Der Boden war mit weinrotem Linoleum ausgelegt, die Wände blassgelb gestrichen. Links und rechts stand jeweils ein einfaches, noch nicht bezogenes Holzbett. Vor dem Fenster befanden sich zwei schlichte Schreibtische mit je drei Schubladen und einem Drehstuhl. Zwei schiefe Schränke mit schlecht schließenden Türen und vielen Schrammen bildeten den Rest der Einrichtung.

„Zum Glück müssen wir hier nicht lange bleiben“, sagte Poppi erleichtert.

„Pssst“, zischte Lilo warnend und deutete mit den Augen Richtung Tür. Poppi schlug sich erschrocken auf den Mund. „Wird schon keiner gehört haben“, beruhigte Lieselotte sie.

Durch die offene Tür hörten sie klappernde Schritte. Neugierig sah Lilo auf den Gang hinaus,

über den zwei Mädchen kamen. Sie hatten die Köpfe gesenkt und waren in ein Gespräch vertieft.

„Heute Nacht wird es ihr gelingen, behauptet sie“, hörte sie das eine Mädchen sagen. Es war sehr zart und ihre Sweater-Jacke schlotterte um die Schultern.

Das zweite Mädchen war kräftig und pausbäckig. „Das hoffe ich ganz dringend, sonst gibt es am Dienstag eine Katastrophe."

„Ich finde es … schaurig. Ich meine … sie ist tot." Das zarte Mädchen zog die Jacke fester um die Schultern.

„Na und? Ist doch gut so. Lebendig würde sie uns nichts nützen."

Lilo wollte sich unauffällig in das Zimmer zurückziehen, stieß dabei aber gegen Poppi, die protestierend aufschrie. Erschrocken sahen die Mädchen auf und bemerkten Lilo.

„He, wer bist denn du?", wollte die Dickere der beiden wissen.

„Lieselotte. Meine Schwester und ich sind neu", antwortete Lilo und versuchte, locker zu klingen. „Äh …, könnt ihr mir sagen, wo ich den Topf finde?"

„Welchen Topf?" Die Mädchen sahen einander fragend an.

„Na, das Klo!", erklärte Lilo in einem Ton, als wären die beiden schwer von Begriff.

Die Zarte deutete auf eine Tür schräg gegenüber. Lieselottes Trick hatte geklappt. Die beiden schienen nicht auf die Idee zu kommen, dass Lilo sie belauscht haben könnte. Nachdem das Superhirn der Bande die Tür der Toilette hinter sich verriegelt hatte, zog sie einen kleinen Notizblock aus der Tasche und kritzelte auf das oberste Blatt:

1) Warum sollen wir nicht nachsehen, wenn wir in der Nacht auf dem Gang etwas hören?

2) Von welcher Toten ist die Rede und wer soll etwas schaffen? Warum gibt es sonst eine Katastrophe?

Lilo lehnte sich an die Wand und pustete sich die Stirnfransen aus der Stirn. „Nicht übel“, dachte sie. „Wir sind noch nicht einmal eine halbe Stunde hier und schon stehe ich vor mehreren Rätseln, die sich äußerst unheimlich anhören.“

In diesem Internat schien tatsächlich etwas nicht zu stimmen. Aber was? Und wie konnte sie es herausfinden?

ECHTE GEISTER

Das Zimmer von Axel und Dominik war nicht viel gemütlicher eingerichtet als das der Mädchen. Der einzige Unterschied war, dass zwischen den beiden Schreibtischen ein Computer aufgebaut war.

Theo wuschelte sich durch die blonde Engelsmähne und sagte: „Freut euch nicht zu früh! Das Ding dient ausschließlich zum Arbeiten und Lernen. Die Pauker haben das Zeug so eingestellt, dass Spiele darauf unmöglich sind. Im Internet könnt ihr auch nur die schlauen Seiten anwählen, alle anderen sind gesperrt. Und Mails dürfen nur an Eltern verschickt werden. Ihr müsst deren E-Mail-Adresse bekannt geben, damit sie eingespeichert wird. Andere Nachrichten gehen nicht raus und können auch nicht empfangen werden."

„Wie nett“, stellte Axel trocken fest.

„Hier sieht es nicht nur aus wie in einem Gefängnis, hier ist es auch wie in einem Gefängnis“, sagte Theo achselzuckend. „Man gewöhnt sich besser daran und macht das Beste daraus. Ich bin schon das dritte Jahr hier und habe es überlebt.“

Dominik sah sich in dem kleinen Zimmer um und stellte mit gespieltem Schaudern fest: „Irgendwie … unheimlich hier. Es heißt doch immer, dass es in alten Gebäuden wie diesem spukt.“

In Theos Gesicht war eine deutliche Veränderung zu erkennen. Auf einmal spannten sich alle Züge und seine Augen wurden hart wie die einer Statue.

„Ich muss noch was für morgen schreiben“, entschuldigte er sich hastig und verließ Hals über Kopf das Zimmer. Hinter sich knallte er die Tür zu. Axel hörte, wie er den Gang gehetzt hinunterrannte.

„Volltreffer, ‚Bruderherz‘“, sagte er zu Dominik.

„Sieht ganz danach aus, als würden nicht nur Lehrer hier Geister sehen.“ Dominik wuchtete seinen Koffer auf das Bett und begann auszupacken.

Auch Axel machte sich daran, seine Kleidung im Schrank zu verstauen. Ganz zuunterst in seinem Koffer lagen zwei Bücher. Er hatte sie mitgenommen, obwohl er beide schon mehrmals gelesen hatte.

„Dominik, du …“, begann er zögernd.

„Womit kann ich dienen?“

„Halt mich nicht für einen Spinner!“

Dominik verzog spöttisch das Gesicht. „Aber Axel, das würde ich doch nie tun!“, säuselte er.

„Vergiss es!“ Mürrisch drehte sich Axel weg und klappte den Kofferdeckel energisch zu.

„He, war nicht so gemeint“, lenkte Dominik schnell ein. „Worum geht es denn?“

Die Jungen ließen sich auf die Betten fallen. Erst nach einigem Zögern rückte Axel mit dem heraus, was ihn beschäftigte.

„Es geht um diese Geister. Ich meine … Lilo tut da so locker. Aber … aber wer sagt uns denn … dass es wirklich keine gibt? Ich meine, es wäre doch möglich, dass wir es hier mit echtem Spuk zu tun haben.“

Dominik seufzte. Ein ähnlicher Gedanke war ihm auch schon durch den Kopf gegangen, doch er hatte nicht gewagt ihn auszusprechen.

„Möglich ist vieles und vor allem fällt mir auch keine Erklärung ein, wie eine Spukgestalt sonst in den Zimmern auftauchen kann“, gab er zu. „Dieser Geisterjunge muss ziemlich echt ausgesehen haben, sonst hätte er die Lehrer hier nicht in solchen Aufruhr versetzt.“

Axel öffnete seinen Koffer und holte die zwei Bücher heraus. „Die habe ich von meiner Tante Fee einmal bekommen. Du weißt schon …"

Dominik blies die Backen auf und spielte auf pummelig. Tante Fee brachte mehr als hundert Kilogramm auf die Waage, hatte eine Schwäche für flatternde Kleider, bevorzugt in Knallrosa, und schaffte es trotz ihres Gewichtes zu schweben wie eine Feder. Früher war sie im Zirkus mit Schlangen aufgetreten, heute lebte sie in Florida mit ihrem neuen Ehemann.

Die Bücher waren Bildbände über Geistererscheinungen auf der ganzen Welt. Geschrieben hatten sie zwei Professoren, die sich beruflich mit solchen Phänomenen beschäftigten. Ihnen war es auch gelungen, mehrere Fotos von Spukgestalten zu knipsen. Dazu benutzten sie Spezialkameras, die nicht nur auf Licht, sondern auch auf Temperaturunterschiede reagierten.

„Ich habe die Bücher noch einmal ganz genau gelesen. Erst wenn wir einen solchen Geist einmal selbst gesehen haben, können wir mehr sagen."

„Borgst du mir die Bücher?", fragte Dominik.

„Klar!" Axel reichte sie ihm hinüber. „Du kannst mich auch für einen Feigling halten. Ich will aber nicht in etwas hineingeraten, das … das einfach gefährlich ist“, erklärte Axel. „Mit Lieselotte kann man darüber nicht reden. Die verzieht nur das Gesicht und macht sich über einen lustig.“

„Wie wollen wir hier überhaupt ermitteln?“, fragte Dominik, während er in einem der Bücher blätterte.

Die Bande hatte keine Zeit gehabt, darüber zu beratschlagen. Nach der Schule am Freitag war Lilo mit ihren Eltern zu Verwandten gefahren. Auch Poppi hatte daheim sein müssen. Herr Klingmeier hatte die Woche im Internat als „Intelligenz-Training“ bezeichnet und nur deshalb von allen Eltern die Einwilligung erhalten. Erst am Sonntagnachmittag hatte sich die Knickerbocker-Bande bei Axel getroffen, um zum Internat zu fahren.

„Wir müssen uns mit den Mädchen beraten, aber heimlich!“, sagte Axel. Einfach würde das hier nicht werden, das war ihm klar.

Während er den Koffer unter dem Bett verstaute, fiel ihm Theo wieder ein. Er hätte zu gerne gewusst, wieso der Junge so erschrocken war, als die Rede auf Geister kam. War er dem Geisterjungen auch schon einmal begegnet?

Im Speisesaal herrschte munteres Treiben, als Lilo und Poppi durch die Doppelflügeltür traten. Es gab eine große Anzahl runder Tische, an denen immer acht Jungen oder Mädchen Platz hatten. Die Lehrer saßen an einer langen Tafel am oberen Ende des Saales. Dort befand sich auch eine Art Selbstbedienung, wo man Tabletts und Besteck bekam und bei Ausgabefenstern Essen abholen konnte.

Etwas war auf den ersten Blick erkennbar: An den Tischen saßen immer nur Jungen und Mädchen derselben Klassenstufe. Je jünger sie waren, desto näher waren ihre Tische bei den Lehrern.

Axel und Dominik waren noch nicht zu sehen, und deshalb steuerten Lilo und Poppi erst einmal zum Fenster, wo Tee, Kuchen und Brote bereitlagen. Beide hatten Hunger. Mit den Tabletts in der Hand sahen sie sich nach freien Plätzen um. Viele schien es nicht mehr zu geben und vier an einem Tisch schon gar nicht.

„Dort?" Poppi deutete mit dem Kinn zu einem Tisch, an dem ein paar Mädchen und Jungen ihres Alters saßen und kichernd Kuchen mampften.

„Junges Gemüse", meinte Lilo abfällig.

„Genau wie ich", schnappte Poppi zurück.

„*Du* bist eine Ausnahme", beeilte sich Lieselotte zu sagen.

Die Schüler hoben neugierig die Köpfe, als die beiden Neuen an ihren Tisch traten.

„Ist hier frei?“, fragte Poppi.

Allgemeines Nicken.

Die Mädchen stellten sich vor und unter Gekicher und Gegacker nannten die anderen auch ihre Namen. Ein Mädchen mit dünnen Rattenschwänzen zeigte auf einen sommersprossigen Jungen mit karottenroten Haaren.

„Alfried hat letzte Woche ins Bett gemacht!“

„Halt die Klappe, Mona!“, zischte Alfried und funkelte sie zornig an.

„Ich habe genau gehört, wie Herr Schreiber es Fräulein Nanette erzählt hat“, setzte das Mädchen mit seiner unangenehmen Quiekstimme fort.

„Wer ist Herr Schreiber und wer ist Fräulein Nanette?“, erkundigte sich Lilo.

„Herr Schreiber ist unser Erzieher“, antwortete Alfried, der dankbar war, dass ein anderes Thema angeschnitten wurde.

„Und Fräulein Nanette unsere Erzieherin“, sagte Mona. Sie wandte sich wieder Alfried zu. „Trägst du in der Nacht Windeln?“

„Du blöde Kuh!“, fauchte der Junge, nahm seine Tasse und schüttete der verdutzten Mona den Tee ins Gesicht. Einen Augenblick lang war das Mädchen wie erstarrt. Dann aber begann es zu heulen wie eine Sirene. Am Lehrertisch erhob sich eine

Frau mit sehr langem blonden Haar und kam herbeigeeilt.

„Alfried war es“, petzte Mona quengelnd.

„Weil sie mich nicht in Ruhe lässt!“

„Beide ins Büro des Internatleiters“, kommandierte die Frau und deutete zum Ausgang.

Die anderen beugten sich über ihre Teller, um nicht ebenfalls Ärger zu bekommen. Mona protestierte heftig, doch ohne Erfolg. Sie musste ebenso mit wie Alfried.

Neben Lilo saß ein Junge mit stacheliger Frisur. Zu den Mädchen sagte er: „Ihr seid echt gemein. Alfried hat etwas Schreckliches erlebt und ist total am Ende.“

Die Mädchen schnitten ihm Grimassen und äfften ihn nach.

„Was hat er denn so Schreckliches erlebt?“, erkundigte sich Lilo.

Der Junge spielte mit Kuchenkrümeln und meinte ausweichend: „Ach, es glaubt doch keiner. Nur ich, weil ich sein bester Freund bin und weiß, dass er so etwas nie erfinden würde.“

Lieselotte beugte sich zu ihm und sagte leise: „Er hat einen Geist gesehen, nicht wahr?“

Erschrocken sah der Junge sie an. „Woher weißt du das?“

„Wo ist er ihm begegnet?", forschte Lilo weiter, ohne auf seine Frage einzugehen.

„Im Waschraum bei den Toiletten. Alfried musste mal in der Nacht. Er hat mich geweckt, als er zurückgekommen ist. Mann, hat der gezittert!"

„Habt ihr es jemandem erzählt? Einem Lehrer zum Beispiel?"

Der Junge schüttelte stumm den Kopf. „Denkt doch jeder nur, wir haben uns das ausgedacht. Aber Alfried ist völlig fertig. Er kann nicht mehr schlafen und dann … also, es stimmt. Er hat ins Bett gemacht."

„Bekommt er jetzt Ärger beim Internatsleiter?", fragte Lilo.

„Doktor Möbius ist ziemlich streng. Er schimpft immer gleich los und immer sind wir schuld. Man kann nicht einmal etwas erklären. Es gibt immer Strafarbeiten zu schreiben und manchmal muss man auch ins Verlies."

Lieselotte glaubte, sich verhört zu haben. „Wie bitte? Doch kein echtes Verlies, oder?"

„Na ja, ein Zimmer im Keller. Auf alle Fälle ganz schön kalt und dunkel. Der Hausmeister sperrt dich dort für ein paar Stunden ein. Die Strafe gibt es aber nur für Jungen."

„Nette Sitten herrschen hier!", brummte Lilo.

Alfried tat ihr Leid. Aber wenigstens kannte sie jetzt einen Ort, wo ein Geist aufgetaucht war. Vielleicht ließ er sich dort noch einmal blicken. Axel und Dominik sollten gleich in der ersten Nacht auf Geisterjagd gehen.

DER KUNG-FU-SCHREI

Die Jungen kamen kurz darauf im Speisesaal an und besorgten sich hungrig Futter, das sie aber an einem anderen Tisch als die Mädchen verdrückten.

Am Lehrertisch erhob sich Doktor Laudansky und klatschte in die Hände. Das Gemurmel verstummte und alle Köpfe drehten sich in seine Richtung.

„Wir haben seit heute vier neue Schüler. Ihr werdet sie herzlich in eurem Kreis aufnehmen!“ Er gab den vier Knickerbockern ein Zeichen, sich zu erheben. Rund um Axel, Lilo, Poppi und Dominik gab es gleich heftiges Getuschel, das den Freunden peinlich war.

„Ihr kommt bitte mit in mein Arbeitszimmer“, sagte Doktor Laudansky in Richtung der Bande.

Danach bewegte er sich zum Ausgang. Die Knickerbocker folgten ihm.

Das Arbeitszimmer Doktor Laudanskys befand sich nahe beim Eingang und war ein düsterer Raum. In den hohen Regalen standen die Bücher wohl geordnet eines neben dem anderen, kein einziges ragte heraus. Auch auf dem altmodischen Schreibtisch aus schwarz lackiertem Holz lagen die Bleistifte in Reih und Glied. An einer Wand standen vier Stühle, ihnen gegenüber ein mächtiger Sessel mit einer Lehne, die ihn wie einen Thron aussehen ließ.

„Setzt euch!" Der Lehrer deutete auf die Stühle und ließ sich selbst auf dem „Thron" nieder. „Habt ihr eure Zimmer schon bezogen? Euch mit Mitschülern angefreundet?"

„Wir haben einige kennen gelernt", antwortete Lilo.

„Konntet ihr etwas über den Spuk in Erfahrung bringen?"

Axel öffnete den Mund, um von Theos Veränderung zu erzählen, aber Lieselotte ließ ihn nicht zu Wort kommen. Sie berichtete von Alfried und seinem schaurigen Erlebnis auf der Toilette. Beleidigt lehnte sich Axel zurück. In letzter Zeit tat Lilo oft so, als hätte nur sie das Sagen in der Bande, und das ärgerte ihn.

„Ihr könnt euch frei im Haus bewegen“, sagte der Lehrer. „Werdet ihr von einem Erzieher aufgegriffen, so bringt er euch zum Direktor des Internats. Da dieser aber die ganze Woche nicht anwesend ist, vertrete ich ihn und ihr landet bei mir.“

„Dürfen wir uns auch in der Nacht umsehen?“, erkundigte sich Dominik.

„Wenn ihr die anderen in ihrer Bettruhe nicht stört und dabei nicht auffallt, ja.“

„Wir müssten uns ab und zu beraten können“, fiel Axel ein. „Gibt es einen Ort, wo wir ungestört sind?“

„Ihr könnt gerne hier in mein Studierzimmer kommen“, bot Herr Laudansky an.

Lilo lächelte verlegen. „Wir müssten aber ... unter uns sein!“

„Ihr könnt es auch für euch haben“, lautete die Antwort. Es war dem Lehrer jedoch anzusehen, dass er von der Vorstellung nicht begeistert war.

Dominik rieb sich die Hände. „Ausgezeichnet. Dann dürfen wir uns gleich einmal an die Arbeit machen?“

Zuerst verstand Herr Laudansky nicht und blieb sitzen. Als ihn aber alle vier Knickerbocker anstarrten und keiner mehr ein Wort sagte, wurde ihm klar, dass er gehen sollte. Widerwillig und mit sehr verdrossener Miene verließ er den Raum.

„Hör mal zu!“, brauste Axel gleich auf und deutete mit dem Zeigefinger auf Lilo. „Deine Wichtigtuerei nervt. Wir sind eine Bande, und nicht nur du hast hier Hirn und kannst sprechen.“

„Dann tu es doch auch“, erwiderte Lieselotte schnippisch.

„Täte ich gerne, aber du lässt mich nicht!“, schnaubte Axel.

Dominik versuchte zu beschwichtigen: „Leute, halt, nicht. Kein Streit. Dazu haben wir jetzt wirklich keine Zeit.“

„Halte dich da raus!“, fauchten ihn die beiden Älteren an.

Wie zwei Kampfhähne standen sich Lilo und Axel gegenüber und starrten einander in die Augen.

„Wir wissen, wo der Geist schon einmal aufgetaucht ist und wo ihr ihn vielleicht sehen könnt“, meldete sich Poppi.

Überrascht drehte sich Axel zu ihr. „Wo? Wann? Wieso?“ Er vergaß seine Wut und ließ sich in den Thronsessel fallen. Gespannt hörte er zu, was Poppi von dem Gespräch beim Abendessen erzählte.

„Der Geist hat sich diesem Theo wohl auch schon gezeigt“, meinte er, als sie fertig war. „Dominik und ich werden heute Nacht wohl öfters auf die Toilette müssen. Vielleicht zeigt er sich auch uns.“

„Und wir, Poppi“, Lilo legte ihrer Freundin den Arm um die Schultern, „wir werden heute ausspionieren, was bei den Mädchen läuft.“

Als Lieselotte und Poppi in den Mädchentrakt zurückkehrten, wurden sie bereits erwartet. Vor ihrem Zimmer standen einige Schülerinnen auf dem Gang, die sofort verstummten, als die beiden auftauchten. Betont langsam drehten sie sich zu den beiden Knickerbockern, und aus ihrer Mitte trat ein sehr schlankes Mädchen mit hoch erhobenem Kopf. Obwohl sie nicht größer war als Lilo, schaffte sie es, auf das Superhirn der Bande herabzublicken. Herausfordernd sah sie Poppi und Lieselotte an, ohne ein Wort zu sprechen.

„Bist du stumm?", fragte Lilo frech.

Das Mädchen, das ein oder zwei Jahre älter sein musste, kräuselte die Lippen zu einem bösen Lächeln.

„Sehr witzig, Kleine."

Poppi schob sich ein wenig hinter Lilo.

Die anderen Mädchen schienen ihrer Anführerin in Hochnäsigkeit nicht nachstehen zu wollen.

„Tamara hat euch wohl nicht gesagt, wer ich bin?", fragte das Mädchen.

Die schwarzhaarige Tamara trat aus der Gruppe und winkte heftig ab. „Stimmt nicht, Luisa, ich habe sie gewarnt."

„Umso schlechter für sie." Luisas Stimme klang gefährlich ruhig. Sie starrte Lilo in die Augen und sagte kalt: „Ihr habt zwei Möglichkeiten. Die eine lautet: Ihr bekennt hier vor allen, dass ich die Einzige bin, die in diesem Trakt das Sagen hat, und dass ihr alles tun werdet, was ich euch auftrage."

Lieselotte verschränkte in aller Ruhe die Arme vor der Brust und lehnte sich leicht zurück, als wolle sie es sich gemütlich machen.

„Und die zweite Möglichkeit?"

„Ihr holt euch gleich eine eiskalte Abkühlung, die eure kleinen Hitzköpfe auf die richtige Temperatur bringt." Luisa beugte sich leicht zur Seite, um Poppi besser sehen zu können. „Besonders Spaß macht es bestimmt, nur deine kleine Schwester samt Klamotten unter die Brause zu stellen und dich dabei zusehen zu lassen."

Noch immer behielt Lilo die Ruhe und Poppi bewunderte sie dafür grenzenlos. „Es gibt noch eine dritte Möglichkeit."

In Luisas Augen flackerte Unmut auf. Sie konnte es nicht leiden, wenn sich jemand nicht sofort von ihr einschüchtern ließ. Drohend funkelte sie Lilo an, sagte aber nichts.

„Die dritte Möglichkeit lautet: Ihr verzieht euch jetzt und treibt eure dämlichen Machtspielchen mit euren Puppen", erklärte Lieselotte mit breitem Lächeln.

„Das reicht. Kalte Abreibung!", kommandierte Luisa.

Ihre Anhängerinnen kamen sofort drohend auf die beiden Mädchen zu. Poppi rang nach Luft und zischte Lilo zu: „Tu doch was!"

Und Lilo tat etwas. Sie gab einen Kampfschrei von sich, wie man ihn von Kung-Fu-Kämpfern in Filmen hören kann, sprang in die Höhe und trat mit den Beinen nach vorn. Dazu hob sie die ausgestreckten Hände und richtete drohend die Handkanten wie zwei Äxte auf die Mädchen.

„Ich habe den schwarzen Gürtel!", erklärte sie, als sie wieder auf dem Boden stand. „Ihr könnt gerne näher kommen. Ich soll jeden Tag eine Stunde trainieren, hat mir mein Großmeister aufgetragen. Heute hatte ich noch keine Gelegenheit dazu."

Erschrocken wichen die Mädchen zurück und warfen Luisa fragende Blicke zu. Diese schien ebenfalls verunsichert und überlegte fieberhaft, was sie von Lilos Behauptung halten sollte. Wenn sie stimmte, konnte ein Kampf schmerzhaft enden.

Schließlich winkte Luisa den anderen lässig mit der Hand. „Sollen sie doch als Outcasts hier leben. Keiner redet mit ihnen. Keiner borgt ihnen etwas. Keiner sieht sie an. Tut so, als wären sie Luft." Sie machte ein paar Schritte, drehte sich um und sagte:

„Nein, Luft ist wichtig und die zwei sind unwichtig. Tut so, als wären sie Vakuum."

Die anderen Mädchen brachen in beifälliges Gelächter aus. Verächtliche Blicke trafen Lilo und Poppi, als die Mädchen abzogen.

Nachdem sie die Zimmertür hinter sich geschlossen hatten, fragte Poppi: „Was sind Outcasts?"

„Außenseiter, die irgendwo fernab leben und unerwünscht sind", erklärte Lilo. „Glaube ich wenigstens", fügte sie hinzu.

„Du warst Klasse“, lobte Poppi ihre Freundin. „Ich habe wieder einmal gekniffen.“

Lilo klopfte ihr auf die Schulter. „Nimm’s nicht schwer. Bei dieser Meute von Hyänen hätte sogar King Kong gekniffen. Ist nur gut, dass ich letzte Woche mit Axel diesen Streit hatte, wer den besseren Kung-Fu-Schrei und den besseren Kung-Fu-Sprung machen kann.“

Für die Mädchen blieb nichts anderes zu tun als sich hinzulegen und abzuwarten, was in der Nacht geschehen würde. Sie warteten mit großer Spannung, die Taschenlampe unter der Bettdecke griffbereit.

Komm aus den Fernen des Jenseits

Im Jungentrakt ging es freundlicher zu. Axel und Dominik hatten sich bereits mit ihren Zimmernachbarn bekannt gemacht, die alle in Ordnung zu sein schienen. Im Zimmer, das sich Theo mit dem pickligen Uwe teilte, wurde noch ein großes Popcornmampfen abgehalten, das schnell in eine Popcornschlacht ausartete.

„Seid ihr völlig verrückt geworden?“, kam ein Schrei. Dominik, der nahe bei der Tür stand, hielt im Werfen inne und sah in das aufgebrachte Gesicht eines Mannes, der eine auffällige Brille trug. Die Fassung bestand aus bunten Kreisen, Quadraten und Dreiecken, die übereinander geklebt waren. Irgendwo darin waren die Gläser befestigt.

„Auuuuuuuuuus!“, brüllte der Mann aus Leibeskräften. Die Schlacht war zu Ende und die letzten Popcorn-Stücke fielen zu Boden. Die Betten, die Regale und die Schreibtische, alles war mit einer körnigen weißen Schicht bedeckt.

Der Mann bemerkte Dominik, schnippte und richtete den Zeigefinger auf ihn.

„Name?"

„Dominik Ka… Klingmeier!" Um ein Haar hätte Dominik sich verplappert.

Wie bei einem Roboter drehte sich der Kopf des Mannes zu Axel. Wieder Schnippen und Zeigefinger. Auch Axel stellte sich vor. Danach deutete der Mann mit dem Daumen auf sich. „Ich bin René Roth und hier der Dompteur auf dem Flur. Ich gebe euch allen zehn Minuten Zeit, diesen Saustall wieder in ein Zimmer zu verwandeln, und danach geht's ab ins Bett!"

Die Jungen taten so, als würden sie stramm stehen und riefen zackig: „Jawoll, Herr Roth!"

Dieser machte eine wegwerfende Handbewegung und verzog sich.

„Wer war denn das?", wollte Axel sofort wissen, als der Mann außer Hörweite war.

Theo grinste. „Seinen Namen hast du schon gehört, und so eine Brille trägt nur jemand, der Kunst unterrichtet. Roth ist ganz nett, nur ein bisschen verrückt. Letztes Jahr mussten wir alle in Badehosen in den Garten kommen und uns in Farbe wälzen. Er bezeichnete das als „Happening". Danach sollten wir über weiße Leintücher laufen und Purzelbäume schlagen und das Geklecksе nannte er ‚Körperkunst'."

Der picklige Uwe hatte den Papierkorb in der rechten Hand und schaufelte mit der linken die Popcornreste vom Schreibtisch hinein. „Der Möbius hat ziemlich getobt und Roth verboten, noch einmal so ein Happening zu veranstalten."

„Herr Möbius schimpft immer. Dem ist nie etwas recht", fügte Theo hinzu. „Wir nennen ihn alle ‚Knochen'."

Axel musste grinsen. „Wieso denn das?"

„Weil er ein harter Knochen ist. Manche sagen hinter seinem Rücken auch ‚Staubi' zu ihm, weil er immer aussieht, als sei er ein altes, verstaubtes, ausgestopftes Tier aus einem muffigen Museum."

„Schade, dass wir ihn nicht kennen lernen", schlüpfte es Dominik heraus.

Theo und Uwe drehten sich zu ihm und sahen ihn verwundert an. „Wieso denn nicht? Er ist der Direktor. Ihr müsst bestimmt morgen zu ihm."

Hilfe suchend blickte Dominik zu Axel.

„Dominik hat gemeint, es ist schade, dass wir ihn

noch nicht kennen gelernt haben. Zurzeit ist er nicht da. Dieser Herr Laudansky vertritt ihn."

Zum Glück gaben sich die Jungen mit dieser Antwort zufrieden.

Später, als die beiden Knickerbocker in ihrem Zimmer waren, schleuderte Axel ein Kissen an Dominiks Kopf.

„Könntest du bitte zuerst das Hirn einschalten, bevor du losquatschst!"

„Ja, ja, ja", maulte Dominik. „Kann mal passieren. Reg dich ab!"

Endlich lagen die beiden in ihren Betten. Wie die Mädchen hielten sie die Taschenlampen unter der Decke bereit. Herr Roth steckte kurz seinen Kopf in das Zimmer, wünschte eine gute Nacht und knipste das Licht aus.

Es war nicht ganz dunkel im Zimmer. Der Park des Internats wurde in der Nacht von versteckten Scheinwerfern beleuchtet, die orangerot strahlten. Durch das Fenster fiel ein schwacher Lichtschimmer und malte den Schatten des Fensterkreuzes auf die Schranktüren.

„Wann gehen wir los in den Waschraum?", flüsterte Dominik zu Axels Bett.

„Noch nicht. Viel zu früh. In einer Stunde", kam die Antwort.

Beide lagen auf dem Rücken und starrten zur Decke. Sie konnten ihren eigenen Atem hören. Ehe sie sich versahen, waren sie eingeschlafen.

Lilo und Poppi waren noch wach. Poppi spielte unter der Bettdecke ein Computerspiel und Lilo las im Licht der Taschenlampe einen Krimi.

„Was war das?" Poppis Kopf tauchte auf, und sie lauschte mit angehaltenem Atem in die Dunkelheit.

Durch den Spalt unter der Tür fiel ein matter Lichtstreifen. Poppi sah, wie sich darin Schatten bewegten. Es schlich also jemand über den Gang.

„Mach schon, schneller!", hörte sie flüstern. Es war die Stimme eines Mädchens.

Hastig sprang Poppi aus dem Bett und lief zu Lieselottes Bett. Sie schlug die Decke zurück und fand ihre Freundin schlafend vor. Ihr Kopf lag auf dem Buch, die Taschenlampe leuchtete in die Falten des Deckenbezuges.

„Lilo!" Ungeduldig rüttelte Poppi Lieselotte an der Schulter. Als Antwort erhielt sie nur ein unwilliges Brummen, Lilo öffnete kein Auge. „Bitte, wach auf! Draußen auf dem Gang ist was los. Aufwachen!" Selbst als Poppi Lilo in den Arm kniff, schlief diese weiter.

Verzweifelt stöhnte Poppi auf. Sie hatte das schon

einige Male bei Lieselotte erlebt. Schlief sie einmal, konnte man Kanonen neben ihr abfeuern, ohne dass sie wach wurde.

Immer mehr Schatten bewegten sich durch den Lichtstreifen. Poppi huschte zur Tür und presste das Ohr dagegen. Zu hören war im Augenblick nichts, als sie sich aber auf die Knie niederließ und unter dem Türschlitz nach draußen spähte, sah sie mehrere nackte Füße gehen.

Sie wartete, bis der Gang wieder leer war, und drückte dann mit beiden Händen die Klinke runter. Die Tür ließ sich ohne Geräusch öffnen, und Poppi schob vorsichtig den Kopf durch den Türspalt.

Links, wo der Gang einen Knick machte, sah sie gerade noch ein Mädchen im wehenden Nachthemd um die Ecke biegen.

Um herauszufinden, wohin alle unterwegs waren, musste Poppi sofort hinterher. Sie warf einen Blick auf die schlafende Lilo, schimpfte leise vor sich hin und schloss dann die Tür hinter sich. Barfuß tappte sie über den kalten Steinboden des Flurs und hielt sich dabei seitlich, um möglichst im Schatten zu bleiben.

Nur drei Schritte vor ihr wurde eine Zimmertür geöffnet. Poppi hätte sie um ein Haar ins Gesicht bekommen. Sie schaffte es gerade noch, sich mit dem Rücken an die Wand zu pressen und die Luft anzuhalten.

Aus dem Zimmer kamen das zarte Mädchen und seine pummelige Freundin, die Lieselotte am Nachmittag beobachtet hatte.

„Dumme Pute, wir sind zu spät“, schimpfte die Pummelige.

„Du hast den Wecker falsch gestellt“, warf ihr die Zarte vor.

„Schnell, sonst dürfen wir nicht dabei sein und dann gibt es am Dienstag eine Katastrophe.“ Das rundliche Mädchen schubste die Kleinere vor sich her. Die Tür ließen sie offen.

Poppi wollte schon erleichtert aufatmen, als die Zarte zurückkehrte, um die Tür zu schließen.

„Sie wird mich entdecken!“, schoss es Poppi durch den Kopf. Als würde es etwas nützen, presste sie die Augen fest zusammen. Sie spürte den Luftzug der Tür und hörte, wie diese ins Schloss fiel.

„Komm schon“, drängte die Pummelige.

„Ja, ja“, stöhnte die Zierliche.

Ihre Schritte entfernten sich.

Wie versteinert stand Poppi da und spürte nur, wie ihr schwindlig wurde. Sie streckte die Arme zur Seite, um nicht zu stürzen. Gierig sog sie die Luft ein, da sie so lange den Atem angehalten hatte.

„Jetzt aber schnell“, gab sie sich selbst das Kommando und huschte weiter, bog um die Ecke und sah die beiden gerade noch in einer Wandnische verschwinden. Es sah aus, als befinde sich dort eine Treppe. Poppi warf immer wieder prüfende Blicke nach allen Seiten, schien aber allein zu sein.

Es gab dort tatsächlich eine Treppe. Poppi fasste den Handlauf und stieg Stufe für Stufe nach oben.

Eine Tür knarzte und ein Schloss klickte.

Die Treppe endete an einem Absatz, von dem eine grau gestrichene Metalltür wegführte. Wieder packte Poppi die Klinke mit beiden Händen, zog sie zu sich und drückte sie nach unten. Auf diese Weise vermied sie jedes Geräusch. Sie musste die Tür nur einen schmalen Spalt öffnen, um durchschlüpfen zu können.

Dahinter befand sich eine weitere Treppe, die von zwei Mauern begrenzt wurde. Poppi zählte sieben Stufen. Von oben kam ein flackernder Lichtschein wie von Kerzen oder Petroleumlampen. Ein süßlicher Duft stieg ihr in die Nase. Im Licht sah sie dünne Rauchschwaden ziehen.

„Sind wir alle vereint, Schwestern?“, tönte Luisas Stimme zu ihr herunter. Sie sprach tief und getragen. Ein vielstimmiges „Ja, wir sind vereint!“ kam als Antwort.

Poppi ließ sich nach vorn sinken und stützte sich mit den Fingern auf den Stufen ab. Auf allen vieren kroch sie, geschmeidig wie eine Katze, nach oben, bis sie in den Raum spähen konnte.

Es handelte sich um eine lange, schmale Kammer direkt unter dem Giebel. Die Wände waren schief und alle paar Meter gab es eine runde Luke. Alte Betten, Schränke und Tische waren übereinander gestapelt und zur Seite geschoben. Sie bildeten die Begrenzung eines Kreises, in dem die Mädchen saßen.

Sie kauerten auf Teppichen und Kissen und sahen zu Luisa hoch, die erhöht auf einem Tisch stand. Von ihren Schultern fiel ein purpurrotes Gewand, das bis zu den Knöcheln reichte. Es war mit glitzernden Fäden und Folienstückchen bestickt, die tausende von Lichtpunkten durch den Raum tanzen ließen.

Im Mittelpunkt des Kreises war eine Spirale aus flackernden Teelichtern aufgestellt, deren Ende fast bis zu den hockenden Mädchen reichte.

Luisa hob die Arme und ihr Gewand breitete sich aus wie die Flügel einer Fledermaus.

„Schwestern, wir haben uns versammelt, um den Geist der Lore May zu rufen!“, verkündete Luisa mit feierlicher Stimme.

Poppi schluckte immer wieder. Ihre Augen waren weit aufgerissen. Ihr Herz schlug heftig und sie schwitzte, obwohl der Raum zugig und kühl war.

„Lore May!“, rief Luisa.

„Lore May!“, antworteten die Mädchen wie ein murmelndes Echo.

„Aus den Fernen des Jenseits, komm zu uns!“, rief Luisa.

„Komm zu uns! Komm zu uns!“, kam es von den Mädchen fast flehend.

Luisa ließ ihr langes dunkelbraunes Haar in einem dicken Pferdeschwanz über die Schulter nach vorne hängen. Auf dem Kopf trug sie wie eine Krone eine ausgestopfte Kobra, die sich über ihrer Stirn aufbäumte und drohend die Giftzähne bleckte.

„Wir rufen dich! Wir rufen dich! Wir rufen dich!“, skandierte Luisa und die anderen Mädchen stimmten ein. Ein geflüsterter Sprechchor hallte durch den Raum.

„Wir rufen dich! Wir rufen dich!“

Die Wörter wurden abgehackt und hart gesprochen.

Ein Mädchen stieß einen spitzen Schrei aus und deutete auf eine Stelle links von Luisa. Der Sprechchor verstummte. Alle reckten die Hälse.

Poppi stockte der Atem.

AXEL BLEIBT DIE LUFT WEG

Zur gleichen Zeit wachte Dominik auf. Er benötigte einige Augenblicke, um sich zurechtzufinden.

Wo war er? Was war geschehen? Wieso lag er in einem fremden Bett?

Die Erinnerung kehrte schnell zurück und er setzte sich mit einem Ruck auf. Leise fluchend schüttelte er den Kopf, wütend auf sich selbst, weil er eingeschlafen war.

„Axel!“, zischte er zum Bett seines Freundes. „Schnarchnase, wach auf!“

„W…a…is…n?“, kam es von Axel. „Was ist denn?“, sollte das wohl heißen.

Jetzt wusste Dominik auch wieder, wieso er wach geworden war. Es hatte jemand an ihre Tür geklopft. Er hatte das Pochen in seinem Traum gehört. Allerdings gab es im Moment keine verräterischen Geräusche, keine Stimme und auch kein weiteres Klopfen mehr. Nur von draußen kamen die Rufe und Laute der Nachtvögel.

„Steh auf … wir … wir haben geschlafen!“, flüsterte Dominik drängend. „Erhebe dich!“

„Erhebe dich!“, äffte Axel ihn gähnend nach. „Was soll der Quatsch?“

Der völlig zerstrubbelte Haarschopf des Knickerbockers tauchte vor dem hellen Rechteck des Fensters auf. In T-Shirt und Boxershorts tappte Axel auf die Tür zu.

„Nicht öffnen!“, warnte ihn Dominik.

„Warum nicht?“, fragte Axel genervt.

„Es hat jemand geklopft. Derjenige könnte noch vor der Tür stehen.“

„Das hast du nur geträumt“, knurrte Axel und zog die Tür auf. Dominik sah, wie er erstarrte und sie genauso schnell wieder schloss.

„Wer ist draußen?“, wollte er wissen.

„Roth und Uwe. Anscheinend ist Uwe bei irgendetwas ertappt worden. Roth hält ihm eine Strafpredigt.“

Axel presste das Ohr an die Tür und konnte Fetzen der geflüsterten Standpauke verstehen.

„… im Bett zu liegen. Verstanden? Ich habe es

satt, euch Rasselbande ständig hinterherzujagen. Spielt tagsüber und schlaft in der Nacht. Sonst … sonst … lasse ich euch vier Wochen lang nur verschimmelte Äpfel zeichnen."

„Tut mir Leid", entschuldigte sich Uwe kleinlaut.

„Ab in dein Zimmer! Und dein Zimmerkollege, der mit dir hier Nachlaufen oder was weiß ich gespielt hat, der soll sich morgen bei mir melden."

„Werde es ihm sagen."

Roths Schritte waren deutlich zu hören.

Uwe und Theo schienen – aus welchem Grund auch immer – auf dem Gang gewesen zu sein. Falls es wirklich geklopft hatte, waren sie es wohl gewesen. Oder waren sie nur gegen die Tür geprallt? Aus Versehen?

Da er nun schon aufgestanden war, wollte Axel gleich den Jungen-Waschraum unter die Lupe nehmen.

„Komm mit!", flüsterte er Dominik zu.

Der Waschraum war schnell erreicht. Es war ein trostloser, mit blassgelben Fliesen gekachelter und schrecklich kahler Ort. An einer Wand reihte sich Waschbecken an Waschbecken, an der anderen eine Dusche an die andere. In einem Seitengang befanden sich die Toiletten.

Der graue Steinboden war nass. Das Licht der

matten Nachtlichter spiegelte sich in Pfützen. Die Lampen brannten immer, damit verschlafene Jungen, die auf die Toilette mussten, nicht gegen eine Wand liefen.

Eine Dusche tropfte und in einem Wasserrohr rumorte es. Durch schmale Fenster, die nur gekippt werden konnten, fiel graues Licht.

Die beiden Knickerbocker standen da und ließen ihre Blicke durch den Raum gleiten.

„Hallo, Geist", hauchte Axel scherzhaft.

„Wie witzig", schnauzte ihn Dominik an.

„Hast du etwa Angst?"

Erst nach einer kurzen Pause antwortete Dominik: „Ich kann mir nettere und gemütlichere Orte vorstellen."

Das Grau, das in dem kalten Raum lag, schien sich wie Nebel zu verdichten. Beide Jungen schauderten gleichzeitig, sahen einander an und mussten dann grinsen.

„Sollen wir noch warten, ob er sich zeigt?", fragte Axel.

„Du wartest und ich gehe zurück ins Bett!", schlug Dominik scherzhaft vor.

Axel schnitt ihm eine Grimasse und machte kehrt. Als sie auf den Flur traten und auf ihr Zimmer zusteuerten, hörten sie erschrockenes Keuchen und das Klappern einer Tür. Eine Person musste sich in der Nähe befinden, war aber nicht zu sehen.

„Zurück!“ Axel zog Dominik am Pyjamaärmel in eine tiefe Türnische. Gerade noch rechtzeitig, denn um die Ecke taumelte Herr Roth. Die Hand hielt er ans Herz gepresst, als müsse er es daran hindern herauszuspringen.

Die Knickerbocker hörten das Klicken eines Feuerzeuges und einen tiefen Atemzug. Der Rauch einer Zigarette schwebte durch die Luft. Nachdem Herr Roth mehrere Male kräftig daran gezogen hatte, wurde er von einem Hustenanfall geschüttelt und rettete sich in das Badezimmer der Jungen.

„Komm!“ Den Blick auf die Badezimmertür geheftet, steuerte Axel rückwärts in die Richtung, aus der der Kunstlehrer gekommen war. Die Jungen gelangten in einen schmalen und niedrigen Gang. Eine weiß gestrichene Tür stand offen.

Stumm deutete Dominik darauf. Ein bläulicher Lichtschimmer schwebte wie eine Qualle an der Innenseite der Tür auf und nieder. Er pulsierte, verformte sich, schien dünne Arme zu bekommen, dann wieder kugelig und dick zu werden.

„Geh du!“ Axel stieß Dominik mit dem Ellbogen an und deutete mit dem Kopf auf die Tür.

„Feigling!“, zischte Dominik, holte tief Luft und

setzte Fuß vor Fuß. Sofort war Axel wieder an seiner Seite. Den „Feigling" ließ er auf keinen Fall auf sich sitzen.

Die Jungen hatten die Tür erreicht. Langsam beugten sie sich vor, um in das Zimmer zu sehen.

Gleichzeitig zuckten sie erschrocken zurück, sahen sich gegenseitig fassungslos an. Gleich darauf spähten sie wieder um die Ecke.

Beiden blieb der Mund vor Staunen offen.

Beide spürten, wie sich ihre Fäuste ballten.

Beide bissen sich auf die Unterlippe, um nicht zu schreien.

Im Zimmer saß ein Geist. Er hockte auf dem Schreibtischstuhl und hatte eine Hand lässig auf die Computertastatur gestützt. Sein Gesicht war zur Tür gedreht und zu einem Grinsen verzogen, das etwas Teuflisches hatte.

„Die Finger", hauchte Dominik.

Axels Augen wanderten über eine Jacke, wie sie Jungen vor hundert oder mehr Jahren getragen hatten, zu Rüschenmanschetten und den kalkweißen Händen. Durch die Haut konnte man die Tasten mit den Buchstaben darauf erkennen. Die Hand war durchscheinend. Und nicht nur das: Sie bewegte sich. Die Finger trommelten ungeduldig, als würde der Junge auf etwas warten.

Der Lichtschimmer an der Tür ging von der geisterhaften Erscheinung aus. Die Beine übereinander geschlagen saß sie da und blinzelte sogar mit den Augen.

„Der … der hat uns zugezwinkert“, erschrak Axel.

Die Jungen hatten das Gefühl, von einer frostigen Hand gepackt zu werden. Axel richtete sich auf und sah auf das Namensschild an der Wand neben der Tür.

René Roth stand darauf. Der Kunstlehrer selbst wohnte also hier. Wieso war der Geisterjunge bei ihm aufgetaucht?

Axel erinnerte sich bruchstückhaft an das, was er in den Büchern von Tante Fee gelesen hatte: Man konnte Geister ansprechen und fragen, was sie wollten. Aber wie sollte er das schaffen? Seine Knie trugen ihn kaum und seine Zunge klebte trocken wie Löschpapier am Gaumen.

Er musste es wagen. Jetzt war die Gelegenheit dazu! Wer wusste, wann dieser Geist je wieder auftauchen würde? Axel machte einen Schritt nach vorn und starrte dem Geisterjungen in die dunklen, toten Augen. Sein Mund ging auf und zu, ohne dass ein Wort herauskam. Erst nachdem er sich kräftig geräuspert hatte, schaffte er es zu fragen: „Wer bist du und was … was willst du hier?“

Die Folge war unerwartet und deshalb umso schrecklicher. Der Junge begann auf einmal heller zu leuchten, wie eine Lampe, die man stärker gedreht hatte. Sein Körper wurde voller und runder, als würde ihn jemand aufpusten. Der Geist wuchs innerhalb von Sekunden bis zur Zimmerdecke. Das Gesicht verzog sich zuerst zu einer grässlichen, dämonenhaften Grimasse. Dann aber begann es sich aufzulösen, bis bleiche Knochenstücke zum Vorschein kamen. Die Kiefer, in denen verfaulte Zähne steckten, öffneten sich immer weiter, wie das Maul einer Würgeschlange, die ihre Beute im Ganzen verschlingen will. Mit einem Schnappen stürzte sich der Geist auf Axel.

Das Licht war so grell geworden, dass Axel den Arm vor die Augen halten musste.

„Ni… nicht!“, brachte er gerade noch heraus, als er spürte, wie die Zahnstummel über seine nackten Unterarme kratzten und zubissen.

LORE MAY

In dem langen Raum unter dem Dach war Stille eingekehrt. Die Mädchen auf dem Fußboden starrten alle auf die neblige Gestalt, die so knapp neben Luisa stand, dass diese nach ihr hätte greifen können.

Poppi wagte nicht zu atmen. Bewegungslos kauerte sie auf den Stufen und konnte den Blick nicht von dem Geistermädchen wenden, das in der Luft schwebte. Seine hellen Schnürstiefel berührten weder den Boden noch den Tisch, auf dem Luisa stand.

Aus dem Augenwinkel nahm Poppi eine Bewegung auf der rechten Seite wahr. Das zarte Mädchen, dem sie auf dem Gang begegnet war, zitterte heftig am ganzen Körper. Ihre pummelige Freundin legte schützend einen Arm um sie, konnte aber kaum ihre eigene Angst verbergen.

Die Stille hatte etwas Beunruhigendes, als wäre die Zeit stehen geblieben.

Luisa drehte langsam den Kopf mit der Kobra-Krone zu dem Mädchen, dessen Körper aus wallendem Nebel bestand.

„Bist du das, Lore May?", fragte sie feierlich.

Das Gesicht der Erscheinung war bleich und wie aus Wachs. Es wirkte leblos, die Augen waren dunkle Flecken. Das Mädchen trug ein weißes Kleid mit großem eckigem Kragen und einen kecken Strohhut, der hinten auf ihrem langen weißblonden Haar saß. Die Füße steckten in Kniestrümpfen und Schnürstiefeln.

Das Mädchen sprach nicht, gab aber trotzdem Antwort. Auf Luisas Frage schien der Nebel aufzuglühen wie ein Stück Holzkohle, auf das jemand pustete.

„Aus dem Jenseits, dem Reich der Verstorbenen, bist du zu uns gekommen." Luisas Stimme hatte etwas Feierliches. „Du verfügst über Fähigkeiten, die wir nicht haben. Darum hilf uns. Hilf uns. Hilf uns!"

Abermals ging ein Aufleuchten durch den durchsichtigen Körper des Geistermädchens.

„Wir haben dich beim letzten Mal gebeten, für uns herauszufinden, was uns an Schularbeiten und Prüfungsarbeiten erwartet. Kannst du es uns sagen? Hast du die Möglichkeit, in die Köpfe unserer Lehrerinnen und Lehrer einzudringen?“

Das Leuchten von Lore May war diesmal so stark, dass es im Raum deutlich heller wurde.

„So sag es uns! Teile es uns mit!“ Luisas Stimme klang jetzt fast flehend.

Ein Raunen ging durch die Reihen der Mädchen. Einige zogen zischend die Luft ein, andere gaben klägliche Laute von sich.

Der Geist schwebte langsam näher zu Luisa, die im ersten Augenblick zu erschrecken schien. Sie wollte ausweichen, schaffte es dann aber, sich zusammenzureißen und stehen zu bleiben. Der leuchtende Nebel berührte ihren Körper und Luisa zuckte, als habe man ihr einen Eisblock in die Seite gedrückt. Das Licht erfasste das Mädchen, die gespenstische Erscheinung verschmolz mehr und mehr mit ihr. Die Körper wurden eins, die Gesichter flossen ineinander, bis der Geist verblasste und nur noch Luisa zu sehen war.

Ein Aufatmen war zu hören. Einige Mädchen kauten aufgeregt an ihren Fingernägeln.

Luisa stand unbeweglich da. Ihr Blick ging ins

Leere. Schlaff hingen die Arme herab. Wie in Zeitlupe öffnete sich ihr Mund und eine Stimme, die tiefer und krächzender war als ihre eigene, sprach: „Gebt mir Papier und Kugelschreiber. Ich werde für euch aufschreiben, was ihr erfahren wollt."

Eifrig sprang Tamara auf und holte aus einem Schrank das Gewünschte, das sie eilig an Luisa weiterreichte. Mit mechanischen Bewegungen begann Luisa zu schreiben. Ihre Hand wurde immer schneller, flog schließlich über das Papier und es sah aus, als würde sie nur Wellenlinien malen. Schon blätterte sie den Block um. Einmal, zweimal, dreimal, viermal und noch immer war sie nicht fertig. Eine fünfte Seite und eine sechste waren innerhalb von Minuten voll geschrieben.

Mit einem Ruck riss Luisa die Blätter ab und schleuderte Block und Kugelschreiber von sich. Sie neigte den Kopf nach hinten und gab einen gequälten, leisen Schrei von sich, der die Mädchen zusammenfahren ließ.

Aus ihrem Mund schoss ein heller Lichtstrahl, in dem dünn und in die Länge gezogen die Gestalt von Lore May zu erkennen war. Sie flog nach oben, wo sie eine mächtige Wolke bildete, die wallte und waberte wie künstlicher Nebel in einer Disco und sich schließlich verflüchtigte.

Die Starre wich aus Luisa, die die Schultern sinken ließ und sich umsah, als wisse sie nicht, wo sie sich befand. Ihr Blick wanderte auf die beschriebenen Seiten in ihrer Hand. Sie hob sie hoch und las murmelnd: „Mathematik Schularbeit für die Sieben B. Erstens …“

Das pummelige Mädchen stieß einen Freudenschrei aus und schwenkte die Faust wie ein Fußballer, der ein Tor geschossen hat. „Ja, geschafft. Es hat sich gelohnt.“

Die anderen sprangen nun auf und bestürmten Luisa, um die anderen Zettel zu bekommen.

Für Poppi war es Zeit, schnellstens zu verschwinden. Sie bewegte sich rückwärts die kurze Treppe hinunter und verließ die Dachkammer.

Ihre Beine waren wacklig, sie taumelte. Als sie es endlich in ihr Zimmer geschafft hatte, schloss sie die Tür hinter sich und warf sich auf Lilos Bett. Diesmal rüttelte sie nicht nur, sondern knuffte und kniff hart. Endlich schlug Lieselotte ein Auge auf.

„Ja … wasn …?“

Poppi hatte viel zu erzählen.

„Die Zähne haben sich in meinen Arm gegraben“, schilderte Axel die schreckliche Begegnung mit dem Geist.

Lilo griff nach Axels Sweaterärmel und schob ihn mit einem Ruck nach oben.

„Man sieht aber nichts. Bissig scheint der Geist nicht zu sein."

„Es war auch Dominik, der mich gepackt und weggezogen hat!", fügte Axel kleinlaut hinzu.

Die Bande saß auf dem Boden im Zimmer von Doktor Laudansky. Der Unterricht begann im Internat Eulenturm erst um halb neun Uhr. Nach dem Frühstück hatten sich die vier in das Zimmer zurückgezogen, um einander die Erlebnisse der vergangenen Nacht zu schildern.

„Es ist echter Spuk", beharrte Axel und fixierte dabei Lieselotte, die ihre Nasenspitze knetete.

„Ich habe nichts gesehen", gestand Lilo. „Und ich kann mir irgendwie nicht vorstellen, dass es echte Geister gibt."

„Wenn du das Gleiche gesehen hättest wie wir", Axel deutete auf Dominik, Poppi und sich, „dann würdest du jetzt nicht so oberklug quatschen."

„Reg dich ab, oberkluger Hochdruck-Zwerg!", fuhr Lilo ihn an.

Axel explodierte wie ein kaputter Druckkochtopf. „Ich bin kein Hochdruck-Zwerg, und du bist doof!" Wild fuchtelte er mit den Armen.

Ohne anzuklopfen trat Herr Laudansky ein. Hinter ihm erschien ein kahlköpfiger Mann mit scharfen Gesichtszügen. Überrascht sahen die beiden auf den Boden, auf dem die Knickerbocker-Bande hockte.

„Wir haben hier Stühle", rügte sie Laudansky. „Und jetzt steht auf. Doktor Möbius, der Leiter des Internates, will euch kennen lernen."

Der Kahlkopf verzog den kleinen Mund zu einem schmalen Lächeln.

„Ihr seid also diese berühmten Kinder, die ... die schon Gauner hinter Gitter gebracht haben?"

Lieselotte sprang auf, war dabei aber zu dynamisch und versetzte Herrn Möbius mit dem Kopf einen Kinnhaken, der ihn nach hinten schleuderte. Erschrocken schlugen die anderen drei die Hände vor das Gesicht.

Der Direktor guckte einen Augenblick verdutzt, als wüsste er nicht, was er jetzt tun sollte. Er betastete mit der Hand prüfend das Kinn, bewegte es probeweise und sagte: „Nicht so schlimm. Ein sehr impulsives Mädchen bist du. Und wie ist dein Name?"

Nachdem sich Lilo vorgestellt hatte, machte sie Herrn Möbius noch mit dem Rest der Bande bekannt.

„Ich dachte, Sie seien verreist. Die ganze Woche!", platzte Axel heraus.

„Ich sollte auch an einer Tagung über Erziehungsfragen teilnehmen, doch musste ich aufgrund von einigen unvorhersehbaren Umständen ganz plötzlich meine Pläne ändern." Herr Möbius sprach immer mit gespitzten Lippen und einem aufgesetzten gütigen Lächeln.

„Seit mehr als vierzig Jahren ist Herr Möbius der Leiter des Internates", erklärte Doktor Laudansky. „Ein Rekord, den ihm keiner so schnell nachmacht."

„Keine Komplimente, Herr Kollege", winkte der Leiter ab. Zu der Knickerbocker-Bande sagte er: „Es ist mir bekannt, aus welchem Grund Doktor Laudansky euch geholt hat. Konntet ihr bereits etwas herausfinden?"

Axel wollte schon antworten, aber Lilo ließ ihn nicht zu Wort kommen. „Nein, nicht wirklich. Wir sehen uns weiter um."

„Macht nur! Doch ich ersuche um äußerste Diskretion."

„Diskre-was?", fragte Axel Dominik leise.

„Diskretion. Das bedeutet Unauffälligkeit. Niemand soll erfahren, was wir tun."

„Aha!"

Der Internatsleiter zog eine Taschenuhr an einer goldenen Kette heraus und klappte den Deckel auf. „Sieben Minuten vor halb neun, ihr solltet euch in eure Klassenzimmer begeben, wenn ihr nicht übel auffallen wollt.“

Doktor Laudansky nickte zustimmend und blätterte in einem Kalender auf seinem Schreibtisch. Er nannte Dominik und Poppi ihre Klasse und dann die von Axel und Lilo.

Die Bande brach zum Schulhaus auf, das durch einen Gang mit dem Internat verbunden war. Sie mussten nicht lange nach dem Weg fragen, sondern konnten einfach den Jungen und Mädchen folgen, die alle zu ihren Klassenzimmern unterwegs waren.

Es war das Schulgebäude, das dem Internat seinen Namen gegeben hatte. Noch nie zuvor hatten die vier Knickerbocker-Freunde eine solche Schule gesehen: Sie war in einem sieben Stockwerke hohen kreisrunden Turm untergebracht. Zu den Klassenzimmern kam man über Treppen aus kunstvoll geschmiedetem Eisen. Vom Erdgeschoss aus konnte man bis hinauf zum spitz zulaufenden Dach sehen.

Als die Schülerinnen und Schüler nach oben trampelten, gab die Treppenkonstruktion Töne von sich, die an ein kaputtes Glockenspiel erinnerten.

Staunend sahen sich Lilo und Axel in ihrem Klassenzimmer um. Es war ein Halbkreis mit der Schultafel an der Innenseite. Nur in der ersten Reihe war eine Bank mit zwei Plätzen frei, und deshalb blieb ihnen nichts anderes übrig, als sich dorthin zu setzen.

Der Unterricht begann mit Geografie, doch die Gedanken der beiden Junior-Detektive waren bei den Geistern.

DIE DURCHSUCHUNG

Es war ein warmer Herbstnachmittag. Auf Anweisung des Direktors mussten alle Internatsbewohner zwei Stunden im Freien verbringen. Niemandem, nicht einmal den ältesten Schülern, war es gestattet, in dieser Zeit auf dem Zimmer zu bleiben.

Lilo strich immer wieder unauffällig an Luisa vorbei, die ständig von ihren Anhängerinnen umringt war. Sie steckten die Köpfe zusammen und tuschelten geheimnistuerisch. Kam jemand zu nahe, brach das Gespräch sofort ab.

Axel und Dominik hatten sich vorgenommen, mit Theo zu reden. Ihm schien der Geist auch schon einmal begegnet zu sein, und sie wollten unbedingt herausfinden, was er dabei erlebt hatte.

Um nicht so aufzufallen, war Lilo lieber allein

unterwegs. Als sie das Poppi sagte, war diese etwas beleidigt. Schließlich aber nahm sie es achselzuckend zur Kenntnis und schlenderte davon.

Am Ufer des Sees entdeckte Poppi eine Gruppe von Enten und Schwänen, die immer wieder hungrige Blicke in ihre Richtung warfen.

„Ich hole euch Futter!“, rief Poppi und ging zum Internat zurück. Aber die Tür, durch die sie in den Garten gekommen waren, war nun abgeschlossen.

„Was soll der Quatsch?“, brummte Poppi. Wieso wurden sie behandelt wie Zootiere, die aus dem überdachten Gehege ausgesperrt wurden?

Der vordere Eingang fiel ihr ein, durch den sie am Sonntag gegangen waren. Sie lief an den Mauern entlang, die nicht in einer Linie verliefen, sondern zahlreiche Ecken hatten, und erreichte schließlich den Vorplatz.

Das Eingangstor war ebenfalls verriegelt. An der Mauer befand sich eine kleine Zahlentastatur, auf der man wohl einen Code eintippen musste.

Suchend ging Poppi weiter an der Mauer entlang. Der Geruch von Bratenfett führte sie zu einem niedrigen Anbau mit einem breiten Dunstabzug aus silbern blitzendem Blech, der Schulküche. Poppi stellte sich auf die Zehenspitzen und warf einen Blick durch das Fenster. Die Scheibe war schmutzig, aber sie konnte trotzdem sehen, dass niemand in der Küche war. Sie öffnete die Tür neben dem Fenster, die ins Freie führte.

„Sehr appetitlich sieht es hier nicht aus“, dachte sie, als sie Berge von Gemüseabfällen aus zu kleinen Mülltonnen quellen sah. Sie wollte altes Brot haben, das in einem Sack gesammelt wurde. Als sie sich am Morgen ihren Tee abgeholt hatte, war ihr der Sack aufgefallen.

Sie steckte gerade die Hände hinein, als sie im Speisesaal ein Geräusch hörte. Erschrocken warf sie einen Blick durch eines der niedrigen Fenster, die zur Essensausgabe dienten.

Mit dem Rücken zu ihr standen zwei Jungen vor dem Tisch der Lehrer. Einer war ziemlich schwabbelig und ständig mit seiner Hose beschäftigt, die zu rutschen schien. Der andere rückte Stühle und schritt langsam an der langen Tafel entlang, an der die Lehrer ihre Mahlzeiten einnahmen.

„André, nein!“, sagte der Dicke eindringlich. „Nein, nein, nein. Sie werden Fragen stellen. Sie werden zu suchen beginnen. Nein.“

„Benno“, sagte André mitleidig, als hätte er es mit einem begriffsstutzigen Jungen zu tun. „Ich kaufe dir gerne eine Packung Windeln, wenn du dir in die Hosen machst.“

„Blödmann!“, zischte Benno und ruderte mit den Armen. „Du weißt genau, was ich meine.“

„Ich wüsste gerne, was die beiden hier zu suchen haben“, dachte Poppi.

Vom Garten kam das Pfeifen der Köchin. Poppi schnellte in die Höhe und sah sich nach einem Versteck um. Ein schmaler Vorhang sprang ihr ins Auge, sie zog ihn zur Seite und entdeckte dahinter eine tiefe Nische, in der Besen standen. Da sie sehr schlank war, konnte sie sich hineinzwängen und den Vorhang wieder zuziehen.

Die Tür, die sie auch benutzt hatte, wurde geöffnet und die Köchin betrat pfeifend die Küche. Sie stellte etwas ab, bückte sich und hob ächzend die Mülltonne mit den Küchenabfällen hoch. Mehrere Male stieß sie damit gegen den Türrahmen, bis sie endlich draußen war. Die Tür blieb offen.

„Ich hab keine Lust mehr“, hörte Poppi Benno heftig flüstern. „Komm jetzt!“

„Langweiler. Jetzt, wo es endlich lustig wird“, ätzte André.

Das leise Gespräch der beiden Jungen verstummte. Schritte waren nicht zu hören. Auch keine Tür. Poppi spähte durch einen Spalt im Vorhang in Richtung Garten. Ziemlich weit entfernt klapperte eine große Mülltonne. Die Köchin kam also so schnell nicht zurück und Poppi konnte sich aus dem Versteck wagen und einen Blick in den Speisesaal werfen.

Er war leer. Die beiden Jungen, die in die zehnte oder elfte Klasse gehen mussten, waren fort. Poppis Blick wanderte über die runden Tische zum Ausgang des Saales. Es gab nur die eine Doppelflügeltür. Durch die waren sie gegangen.

Poppi zuckte zurück, als die Tür von außen geöffnet wurde. Vorsichtig spähte sie nach ein paar Schrecksekunden wieder in den Saal, der gerade von Herrn Möbius und Doktor Laudansky betreten wurde.

Moment! Poppi überlegte fieberhaft. Wenn André und Benno den Saal durch die Flügeltür verlassen hatten, hätten sie den beiden genau in die Arme laufen müssen. Da sich zurzeit aber kein Schüler im Haus aufhalten durfte, hätten Benno und André Ärger bekommen müssen. Es schien aber ganz und gar nicht so, als wären die beiden Jungen dem Internatsleiter und Laudansky begegnet.

„Laudansky, wollen Sie mich für dumm verkaufen?", schimpfte der Internatsleiter. „Ich kann dieses Gerede von Geistern schon nicht mehr hören."

„Kollege Roth hatte gestern Nacht auch Besuch von einem Geist. Er schwört, keinen Tropfen am

Abend getrunken zu haben. Die Gestalt saß plötzlich an seinem Schreibtisch. Er hat sich so erschrocken, dass er heute Morgen zum Arzt musste, weil er Herzbeschwerden hat." Doktor Laudansky sprach mit fester Stimme.

Herr Möbius wischte mit einer ärgerlichen Handbewegung den Einwand einfach weg. „Unsinn. Roth ist verrückt. Ich hätte ihm schon längst kündigen sollen. Denken Sie nur an die Aktion mit dem Gewälze in Farbe."

Laudansky öffnete den Mund, um etwas zu sagen, aber Herr Möbius redete weiter. „Wir haben jetzt das ganze Haus abgesucht und keinen Geist entdeckt."

„Die Geister erscheinen auch nur am Abend und in der Nacht", sagte Herr Laudansky stur. Sein grauer Schnurrbart zuckte ärgerlich. Er konnte es nicht leiden, wenn ihm widersprochen wurde.

„Die Erzieher durchsuchen gerade alle Zimmer. Falls einer der Schüler sich hier einen Scherz erlauben sollte, so wissen wir das in Kürze." Möbius zog lautstark einen Stuhl über den Boden und ließ sich schnaufend nieder.

„Ist Ihnen nicht gut?", fragte Doktor Laudansky besorgt.

„Was? Wieso?" Herr Möbius schrie fast. Laudansky wich zurück, als könnte ihn der Internatsleiter beißen. „Seit heute Morgen sind Sie sehr verändert."

„Kümmern Sie sich um Ihre eigenen Angelegenheiten", fuhr ihn Möbius an und schlug mit der Hand auf den Tisch. Danach rang er nach Luft und fummelte am obersten Knopf seines Hemdes herum. Poppi sah, dass er ihn nicht öffnete, sondern abriss. Der Knopf flog in einem hohen Bogen davon und rollte über den Boden. „Nur noch acht Monate, dann habe ich diesen Wahnsinn endlich hinter mir", keuchte Möbius.

„Darf man eigentlich schon gratulieren?", erkundigte sich Herr Laudansky steif.

„Gratulieren? Wozu?" Möbius tat zwar so, als wüsste er nicht, was Laudansky meinte, doch Poppi glaubte ihm das nicht.

„Sie sollen das goldene Verdienstkreuz der ersten Klasse erhalten. Für Ihre Leistungen hier am Internat."

Möbius wischte sich über den kahlen Kopf und machte ein geschmeicheltes Gesicht. „Nun ja, es ist also kein Geheimnis mehr. Allerdings hat der Minister noch nicht unterschrieben."

In gebückter Haltung stand Poppi neben dem Ausgabefenster und spähte immer wieder in den

Saal. Dazwischen warf sie besorgte Blicke zur Tür in den Garten. Auf keinen Fall durfte sie sich von der zurückkehrenden Köchin überraschen lassen.

Nach und nach trafen die Erzieherinnen und Erzieher im Speisesaal ein. Laudansky blickte ihnen ernst entgegen, erhielt aber immer nur ein Kopfschütteln.

„Nichts, was irgendwie darauf hindeutet, dass einer der Schüler etwas mit dem Spuk zu tun hat", lautete die Aussage von allen.

„Meine Herrschaften, ich habe Wichtigeres zu tun", erklärte Möbius und stemmte sich in die Höhe. Mit dem Finger deutete er in die Runde, als er sagte: „Vielleicht steckt ja auch einer von Ihnen hinter diesem Unsinn. Falls es so sein sollte, kann der Schuldige mit seiner sofortigen Kündigung rechnen. Verstanden?"

Danach verließ der Internatsleiter kopfschüttelnd den Saal. Als er draußen war, ging ein aufgebrachtes Murmeln durch die Reihen der sichtlich empörten Erzieher.

Poppi hatte genug gesehen und gehört und huschte geduckt zur Tür. Im Vorbeigehen holte sie noch schnell zwei Hände voll altes Brot aus dem Sack. Als sie ins Freie wollte, stieß sie mit dem Kopf gegen den Bauch der Köchin.

„Wen haben wir denn da?“, fragte diese nicht sehr freundlich.

„Jemanden, der es gut mit den Enten und Schwänen meint“, antwortete Poppi mit unschuldigem Lächeln. Sie hob das Brot hoch. „Darf ich bitte hinaus?“

„Äh … ja!“ Die Köchin hatte mit einem Schokoladedieb gerechnet. Poppis Anliegen verdutzte sie völlig. Sie trat zur Seite und ließ das Mädchen wortlos vorbei.

„Zu Tieren nett zu sein lohnt sich immer“, stellte Poppi zufrieden fest. Manchmal half es sogar bei schwierigen Fällen weiter. Obwohl Poppis Beobachtungen alles noch verwirrender gemacht hatten.

EIN ZIMMER NAMENS GRUFT

Im Park tobten ein paar jüngere Schüler mit einem Fußball über die Wiese. Lieselotte stand hinter einem dicken Baumstamm und sah von dort zu Luisa.

Das schlanke Mädchen lehnte an der Mauer eines Häuschens, in dem Gartengeräte aufbewahrt wurden, und zupfte an seinen Haarspitzen herum. Etwas Kaltes, Abweisendes ging von Luisa aus.

Einige Schritte entfernt stand Tamara mit einem pausbäckigen Mädchen, das Lieselotte schon aufgefallen war. Sein Name war Kathi, seine besonderen Kennzeichen eine Zahnspange und eine aufgebogene Stupsnase. Ständig wischte sich Kathi die Handflächen an den Jeans. Lilo erinnerte das Gespräch zwischen Tamara und Kathi an eine Prüfung.

Schließlich wandte sich Tamara Luisa zu und nickte. Luisa stieß sich mit der Schulter ab und öffnete die Tür des Gerätehauses. Nachdem sie eingetreten war, folgten Tamara und eine sehr zappelige Kathi.

Das Haus hatte keine Fenster. Nur an der Rückseite gab es unter dem Dach schmale Luken zur Belüftung. Lieselotte sah sich suchend nach Axel um, entdeckte ihn bei den Fußballspielern, steckte die Finger in den Mund und pfiff dreimal kurz und einmal lang. Axel hob den Kopf. Der Pfiff war ein Knickerbocker-Geheimzeichen und bedeutete: Schnell zu mir. Lilo winkte ihm und er kam sofort gelaufen.

„Mach mir die Räuberleiter", bat sie ihn und deutete auf den Schuppen. Sie liefen gemeinsam zur Rückseite, wo Lilo in den Steigbügel stieg, den Axel mit den Händen machte. Sie musste noch auf seine Schultern klettern, um durch die Luke spähen zu können.

In dem Haus, zwischen Rechen, Schaufeln und Schubkarren, saß Luisa wie eine Königin auf einer aufgestellten Kiste. Genau über ihr brannte eine nackte Glühbirne. Kathi stand zusammengesunken vor ihr. Sie wirkte verloren, hilflos und sehr aufgeregt.

„Du kennst die Regeln?“, fragte Luisa scharf.

Ein heftiges Nicken war die Antwort.

„Wenn du unseren Geheimbund verrätst oder zu irgendjemand auch nur ein Sterbenswörtchen sagst, wirst du nicht nur ausgeschlossen.“ Luisa richtete sich drohend auf wie eine Kobra, die das Nackensegel bläht, um einen Feind abzuschrecken. „Ich werde“, Luisa bohrte den ausgestreckten Zeigefinger in die Luft, „den Fluch der schwarzen Geister über dich verhängen. Egal, wo du dich auch befindest, egal ob bei Tag oder Nacht, sie werden dich jagen und finden und dir das Leben zur Hölle machen. Ein Unglück, so schrecklich, wie du es in deinen schlimmsten Albträumen nicht erahnen kannst, wird die Folge sein.“

„Ja, ja“, schluchzte Kathi. „Ich sage bestimmt nichts. Aber bitte, lass mich dabei sein! Bitte!“

„Du kennst den Preis?“

Wieder ein Nicken.

„Zahle ihn! Tamara wird dich zu unserem nächsten Treffen einladen, bei dem du einen Eid schwören musst.“

„Und dann … dann … bekomme ich auch … die Aufgaben und Zahlen der Schularbeiten. Mathematik ist für mich wichtig. Das schnalle ich einfach nicht. Bitte!“ Flehend blickte Kathi zu Luisa auf.

„Du erhältst, was der Geist von Lore May mir verrät. Es gibt keine Garantie dafür. Doch Lore May ist zurückgekommen aus dem Jenseits, um sich an Lehrern zu rächen, die sie damals nicht das Internat haben besuchen lassen."

Axel konnte Lilo nicht mehr länger tragen. Er schwankte und Lieselotte musste von seinen Schultern springen, um nicht abzustürzen.

„Tut mir Leid, aber du solltest vielleicht weniger essen", bemerkte Axel trocken.

„Alles nur schwere Knochen und Muskeln", gab Lilo zurück.

Ihr Knickerbocker-Freund musterte sie fragend. „Du machst ein Gesicht, als hättest du dort drinnen einen Geist gesehen."

„So ähnlich", murmelte Lieselotte.

Endlich wurden die Schüler wieder in das Haus gelassen. Johlend strömten sie durch das Tor in die Gänge und gingen in ihre Zimmer. Poppi drängte sich zu ihren Freunden durch und sagte: „Treffen bei Laudansky!"

Im Zimmer des Lehrers stellten die vier Stühle im Kreis auf und ließen sich darauf nieder. Axel rittlings, die Arme auf die Lehne gestützt.

„Super lässig", ätzte Lilo.

„Will ja nicht so ein braves Mäuschen sein wie du“, gab Axel zurück.

„Klappe zu!“, kam es ungewohnt heftig von Poppi. Die beiden älteren Knickerbocker sahen sie sehr überrascht an. „Ich muss euch einiges erzählen.“ Poppi redete schnell und leise.

„Zwei Jungen … höhere Klassen … am Lehrertisch … verschwinden plötzlich“, fasste Lieselotte murmelnd für sich zusammen. „Wie kann das mit unserem Fall zusammenhängen?“

„Aber das waren keine Geister, die waren echt!“, fügte Poppi noch hinzu.

„Vielleicht hat der Speisesaal doch einen zweiten Ausgang und wir haben ihn bisher nur noch nicht bemerkt“, mischte sich Dominik ein.

„Würdest du die zwei wiedererkennen?“, wollte Lilo wissen.

Poppi nickte. „Klar.“

„Die Jungen aus den obersten Klassen wohnen in einem anderen Trakt“, fiel Axel ein.

Dominik wusste auch etwas dazu. „Und Leute unseres Alters sind dort unerwünscht. Theo hat berichtet, dass es dort ziemlich grausam zugeht. Einmal wurde ein Jüngerer, der als Mutprobe zu den Schlafräumen geschlichen ist, in einen Schrank gesperrt und zwei Tage dort gefangen gehalten.“

„In diesem Internat werden aus Jungen richtige Ehrenmänner“, spottete Lilo.

Dominik war aufgestanden und zu einem Bücherregal gegangen. Er zog einen Band mit weinrotem Lederrücken heraus und setzte sich damit wieder hin.

„Hier. Die Schulchronik des vergangenen Schuljahres. Die zwei werden wahrscheinlich schon hier gewesen sein.“ Er blätterte das Buch durch und stieß auf Seiten, auf denen von jedem Schüler ein Foto abgedruckt war. Dominik reichte Poppi das Buch. „Sieh dir die Jungs einmal an. Kannst du die zwei finden?“

Poppi ließ den Finger über die Fotos gleiten und blätterte mehrere Male um. Schließlich hatte sie die Jungen gefunden.

„Das sind sie. Ich erkenne sie genau.“

Der Dicke hieß Benno Trill, der andere André Mannheimer. Sie mussten in diesem Schuljahr die elfte Klasse besuchen, falls sie nicht sitzen geblieben waren.

„Die beiden würde ich zu gerne unter die Lupe nehmen“, stellte Lilo fest.

„Viel Spaß!“, wünschte Axel. „Geh doch hin und knöpf sie dir vor!“

„Nicht ich mache das“, meinte Lilo. Ihr Blick

wanderte zu Poppi, die erschrak. „W… w… was, ich? Nein! Ich bin doch nicht wahnsinnig. Ich bin nur ein kleines Mädchen.“

„Genau! Und deshalb bist du auch für diese Aufgabe bestens geeignet. Wir flechten dir noch zwei Rattenschwänzchen und du setzt dein süßestes Kleinmädchen-Lächeln auf. Die Jungen werden dir ganz bestimmt nichts tun. Verlass dich drauf!“, erklärte Lieselotte.

Poppi hatte ihre Zweifel, aber ihre Freunde bestürmten sie, die Aufgabe zu übernehmen. Irgendwie schmeichelte ihr das und deshalb willigte sie schließlich ein.

Eine halbe Stunde vor dem Abendessen zog Poppi mit klopfendem Herzen los. Als sie zum Essen in den Speisesaal kam, sahen ihr die Knickerbocker erwartungsvoll entgegen.

„Und?“, flüsterte Lilo aufgeregt.

Poppi machte ein verlegenes Gesicht. „Zuerst haben mich diese dämlichen Jungen von einem Zimmer zum anderen geschickt. Die haben sich wohl einen Spaß daraus gemacht. Und als ich dann endlich das Zimmer von Benno und André gefunden hatte, waren sie beide nicht da.“

Lilo, Axel und Dominik gaben einen enttäuschten Laut von sich.

„Hast du nicht einmal einen Blick in das Zimmer werfen können?“, fragte Axel.

„Nein. Es war abgeschlossen.“

Die Größeren durften das im Internat tun.

Etwas fiel Poppi noch ein. „Übrigens haben die zwei ein ganz komisches Zimmer. Die anderen nennen es ‚die Gruft‘.“

Dominik blickte sie über den Rand seiner Brille an. „Wieso denn das?“

„Es liegt im Gartengeschoss und hat zwei Stockwerke. Im Erdgeschoss sollen die Schreibtische und Schränke sein. Für Betten ist aber kein Platz und deshalb schlafen die zwei einen Stock tiefer. Eine Wendeltreppe führt in den zweiten Teil des Zimmers. Weil er unter der Erde liegt, wird er Gruft genannt.“

„Muss ein komisches Gefühl sein, unter dem Rasen zu schlafen“, stellte Dominik fest und schauderte.

Lilo klopfte Poppi auf die Schulter. „Trotzdem gut gemacht. Ganz schön mutig, muss ich schon sagen.“

Poppi lächelte ein wenig verlegen. Das Lächeln verschwand aber sehr schnell, als sie etwas entdeckte. Sie beugte sich vor und sagte leise: „Die zwei sind gerade hereingekommen.“

Axel, Lilo und Dominik richteten sich auf, um einen besseren Überblick zu haben. Benno und André wirkten wie zwei ganz normale Internatsschüler. Während André einen breitbeinigen und lässigen Gang hatte, watschelte Benno wie eine dicke Ente.

„Wir behalten die zwei unauffällig im Auge. Nie alle vier auf einmal, sondern immer nur einer. Versucht, so viel wie möglich über sie herauszufinden", trug Lilo den anderen auf.

„Sehr wohl, Frau General!", antwortete Axel zackig und tippte sich an die Schläfe.

„Doofkopf", brummte Lilo.

DUNKLE GESTALTEN

Während des Abendessens konnte die Knickerbocker-Bande nichts Besonderes oder Auffälliges beobachten. Benno und André holten sich belegte Brote und Tee und vertilgten sie an einem Tisch mit ein paar Gleichaltrigen.

„Von gutem Benehmen haben die aber noch nie etwas gehört!“, raunte Axel Lieselotte zu.

Die beiden Jungen lümmelten sich auf ihren Stühlen, kauten mit offenem Mund und schlangen das Essen hinunter.

Mit den anderen redeten sie wenig. Dominik und Poppi, die so taten, als würden sie zufällig am Tisch vorbeigehen, schnappten nur ein paar Satzfetzen auf, in denen es um neue Filme und Computerspiele ging.

„Wir mussten heute Nachmittag alle draußen sein, doch die zwei waren im Speisesaal", überlegte Axel halblaut. „Wie sind sie hereingekommen?"

„Durch die Wand gegangen", sagte Lilo wie selbstverständlich.

„Echt?" Axel sah sie überrascht an. Dann bemerkte er, dass Lilo ihn verkohlte, und schnitt ihr eine Grimasse. „Schrecklich witzig."

„Wie sollen sie schon hereingekommen sein?", flüsterte Lieselotte. „Durch die Tür natürlich. Wie Poppi. Die stand auch in der Küche und keiner hat davon etwas bemerkt."

Axel spürte wieder die Wut über Lilos Besserwisserei in sich aufsteigen. Wären nicht so viele andere Schüler in der Nähe gewesen, wäre er bestimmt explodiert und hätte Dampf abgelassen. So aber nahm er nur einen großen Bissen, bei dem gleich das halbe Brot in seinem Mund verschwand. Wütend kaute er und starrte in die andere Richtung.

Poppi entging die Spannung nicht.

„He, ihr zwei, hört auf", sagte sie leise und eindringlich, als sie gemeinsam den Speisesaal verließen.

„Halt dich da raus!", fauchte Axel sie an.

Nun war auch Poppi beleidigt.

In dieser Nacht konnte Axel nicht einschlafen. Er war sofort gegangen, als das Essen zu Ende war. Lilo und die anderen hatten sich noch kurz im Arbeitszimmer von Doktor Laudansky zusammengesetzt und beratschlagt, doch Axel wollte nicht dabei sein.

„Ich finde dein Verhalten kindisch“, hatte Dominik ihm später vorgeworfen.

„Weißt du, was ich dich alles finde?“, war Axel aufgebraust. „Und wenn dir etwas nicht passt, dann geh eben zur lieben Lilo. Die ist bestimmt nicht kindisch, die Frau Superschlau. Das ‚Superhirn‘ der Knickerbocker-Bande!“, spottete er. „Ich finde, sie ist ein ‚Weichhirn‘! Und das kannst du deiner lieben Lilo gerne sagen.“

„Vergiss mich!“, hatte Dominik nur gesagt und war ins Badezimmer abgezogen. Wortlos hatte sich Axel danach ins Bett gelegt, noch ein wenig gelesen und schließlich das Licht ausgeschaltet.

Mache ich etwas falsch? Sollte ich nicht so empfindlich sein?, fragte sich Axel immer wieder. Aber sie waren doch eine Bande, sie gehörten zusammen und sie sollten zusammenhalten. Wieso war Lieselotte manchmal so hochnäsig? Er konnte das einfach nicht leiden.

Weil er kein Auge zubekam und sich nicht länger von einer Seite auf die andere wälzen wollte, stand er auf und trat ans Fenster. Dünne Nebelschwaden waberten durch den Park und hingen wie feine Spinnweben in den kahlen Ästen.

Auf dem Rasen brannten entlang der Wege elektrische Lampen an hohen Masten. Am Seeufer spiegelte sich das Licht im Wasser. Die Scheinwerfer, die zwischen den Bäumen aufgebaut waren, tauchten Bäume und die Mauern des Internatsgebäudes in orangerotes Licht.

Nachdenklich starrte er in die Nacht hinaus. Zuerst beachtete er den Schatten gar nicht, der über den Weg huschte. Wahrscheinlich spazierte ein Reh im Park herum und suchte nach Futter.

Er spürte eine weitere Bewegung unter sich und beugte sich näher an die Fensterscheibe. Diesmal sah er genauer hin und erkannte die Silhouette eines Jungen. Er war groß und athletisch. Nur für den Bruchteil einer Sekunde fiel das Licht einer Lampe auf sein Gesicht.

André!

Mit viel langsameren Bewegungen tauchte neben ihm sein Freund Benno auf. Beide trugen schwarze Hosen und schwarze Jeansjacken. Während André am nächtlichen Spaziergang Spaß zu haben schien, sah sich Benno unruhig nach allen Seiten um. Er hatte wohl Angst beobachtet zu werden.

Aber was taten die beiden um diese Zeit im Park? Axel drückte den Lichtknopf seiner Armbanduhr. Es war kurz vor Mitternacht.

André bedeutete Benno mit der Hand, sich zu beeilen.

Leise öffnete Axel das Fenster und beugte sich hinaus. Die Luft war kalt und sein Atem schwebte wie eine Wolke vor seinem Mund.

André und Benno schlichen geduckt weiter. Baumstämme und Äste verstellten Axel immer wieder die Sicht, doch er konnte ahnen, dass sie sich auf das Gartenhaus zubewegten, in dem Lilo die Besprechung zwischen Luisa, Tamara und Kathi beobachtet hatte.

Was hatten André und Benno dort zu suchen?

Am liebsten wäre Axel sofort hinterhergeschlichen, um nachzusehen, was die beiden trieben. Da er ohnehin nicht schlafen konnte, schlüpfte er in seine Jeans und ein Sweatshirt, schnappte sich eine Windjacke und verließ das Zimmer.

Auf dem Gang war es still. Axel schlich die Treppe hinunter und erreichte, ohne entdeckt zu werden, den Ausgang in den Garten. Im Laufen zog er den Reißverschluss der Jacke hoch. Geschickt hielt er sich immer im Schatten der Bäume, wich den Lichtflecken aus und näherte sich dem Gartenhaus.

Es drang kein Geräusch heraus. Licht auch nicht. Axel wagte sich bis zur Tür, die geschlossen war. Die Klinke zu berühren, traute er sich aber doch nicht. So lauerte er hinter einem Mauervorsprung und wartete. Sein Atem ging stoßweise.

Die Gartentür des Internats wurde geöffnet. Ein Lichtstreifen fiel auf den Weg. Falls jemand herausgekommen war und die Richtung zum Schuppen einschlug, würde er Axel hier stehen sehen. Der Knickerbocker rutschte vorsichtig an der Hausmauer entlang bis zur Rückseite des Gebäudes. Hinter einem Korb, aus dem der faulige Gestank von Kompost aufstieg, ging er in die Hocke.

Er hörte Schritte durch das Laub rascheln. Jemand hetzte auf die Hütte zu und atmete dabei hektisch und keuchend. Wer es war, konnte er nicht erkennen. Er wollte den Kopf nicht zu hoch über den Komposthaufen strecken.

Der Unbekannte steuerte auf die Tür des Schuppens zu und trat ein. Axel hörte, wie drinnen rumort wurde. Geräte fielen klappernd zu Boden, eine umfallende Schubkarre donnerte. Danach trat eine Pause ein. Eine Minute verging, vielleicht auch zwei. Erst dann verließ der Unbekannte den Schuppen wieder und verschwand mit eiligen Schritten.

Axel wollte schon aus dem Versteck kommen, als

hinter ihm ein Ast knackte. Er blieb geduckt und hielt den Atem an. Vorsichtig drehte er den Kopf.

Aus der anderen Richtung tauchten André und Benno auf. Auch wenn sie sich bemühten, keinen Lärm zu machen, benahmen sie sich doch so, als wäre ihnen gerade ein großer Erfolg gelungen.

Hatte Axel die Tür überhört? War der Unbekannte noch im Garten oder schon wieder im Haus?

„Ab ins Heiabettchen“, hörte er André flüstern. „Ich habe noch was zu tun und komme nach.“

Die Jungen gingen am Schuppen vorbei und auf den Trakt des Internats zu, in dem sich ihr „Gruft“-Zimmer befand. Anschleichen hatten die Knickerbocker oft geübt und deshalb war es für Axel auch keine große Schwierigkeit, den beiden unauffällig auf den Fersen zu bleiben.

Benno kletterte umständlich durch ein offenes Fenster. Sein Bauch war ihm dabei ziemlich im Weg. André hatte sich einige Schritte vor dem Fenster von ihm getrennt und mit einem kurzen Winken verabschiedet. Er ging zu einem schmalen Spalt zwischen zwei Gebäudeteilen. Sofort hatte ihn dort die Dunkelheit verschluckt.

Das Fenster wurde von innen geschlossen. Die Scheiben klirrten leise. Von seinem Versteck hinter dem glatten Stamm einer Platane aus konnte Axel André zwar nicht mehr sehen, vermochte ihn aber noch zu hören. Die Mauern verstärkten das Knirschen der Schuhe auf Kies. Im Kopf zählte Axel die Schritte mit. Später konnte er nicht sagen, wieso er es getan hatte. Er hatte einfach gezählt.

Als er bei zweiundzwanzig war, riss das Knirschen ab, als hätte jemand den Ton abgedreht. Nach kurzem Kampf mit sich selbst beschloss Axel, André nachzugehen. Was sollte ihm schon geschehen? Er schlüpfte in den Spalt und hob den Kopf. Die Mauern waren fensterlos und drei Stockwerke hoch. Er fühlte sich wie in einer tiefen Schlucht mit glatten Wänden.

Um so wenig Geräusch wie möglich zu erzeugen, trat Axel immer mit der ganzen Schuhsohle auf. Schritt für Schritt. Fuß vor Fuß. Die Hände hatte er zur Seite gestreckt und tastete sich so an den Wänden entlang. Sie waren glatt, nur an einigen Stellen blätterte der Verputz ab. Stumm zählte Axel mit. Bei zweiundzwanzig erlebte er eine Überraschung.

DER GIFTZWERGANFALL

Suchend tastete Axel die Wände neben sich ab. Zuerst nur hastig, dann gründlich von unten bis oben.

Wie konnte das sein? Axel fand nur eine Erklärung: Er war um mindestens einen Kopf kleiner als André und daher waren auch seine Beine kürzer. Er musste ganz einfach noch etwas weitergehen. An der Stelle, die er nach zweiundzwanzig Schritten erreicht hatte, gab es nämlich nichts. Er befand sich erst auf dem halben Weg. Das Ende des schmalen Pfades, der in den vorderen Teil des Parks führte, war nur deshalb zu erkennen, weil in der Nähe eine Lampe brannte.

Aus der Hosentasche holte Axel eine kleine Taschenlampe, die er immer bei sich trug. Er knipste sie an und leuchtete die Mauern ab.

Kein Fenster. Keine Tür. Auch ein Stück weiter fand er nichts. Es konnte also nicht nur an der Länge seiner Beine liegen.

War André vielleicht auf einmal so leise gewesen, dass er ihn nicht mehr gehört hatte? Vorstellen konnte sich Axel das nicht. Es war aber die einzige Erklärung.

Auf einmal sehnte er sich nach seinem Zimmer und seinem Bett. Er zog die Jacke fester um die Schultern und hastete zur Gartentür zurück. Um nicht bemerkt zu werden, öffnete er sie nur einen kleinen Spalt und schlüpfte in das Internatsgebäude. Wärme empfing ihn und eine Minute später lag er bereits in seinem Bett.

Im Park aber stand jemand zwischen den Bäumen und starrte auf den Umschlag in seiner Hand. Er enthielt einen Zettel und zwei Fotos. Der Unbekannte ballte die Faust und zerknitterte die Sachen dabei. Grimmig mahlten seine Kiefer. Die Augen waren zu schmalen Schlitzen verengt.

Was wusste dieser kleine Junge, der neu im Internat war? Wieso war er im Park aufgetaucht? Steckte er hinter dem Schreiben oder waren es die beiden Älteren, die hier herumgeschlichen waren?

Es musste etwas geschehen, und zwar schnell!

Das Frühstück verbrachten die Knickerbocker am Dienstag schweigend. Axel hatte beschlossen, seine nächtlichen Erlebnisse für sich zu behalten. Seine Freunde nervten gehörig und es reizte ihn, allein zu ermitteln.

Während Lilo an ihrem Marmeladebrötchen kaute, dachte sie über das nach, was sie am Morgen beobachtet hatte. Sie war, mit ihrem Waschbeutel unter dem Arm, unterwegs zum gemeinsamen Badezimmer gewesen. Aus einer Tür war Kathi gekommen, hatte sich mit dem Handrücken heftig über die Stupsnase gewischt und dazu lautstark geschnieft. Auch sie trug einen Waschbeutel, ging aber nicht zum Bad, sondern in die andere Richtung. Das schlechte Gewissen musste sie drücken, denn sie sah sich ständig nach allen Seiten um, als hätte sie Sorge, gesehen oder sogar verfolgt zu werden.

Lieselotte hatte ihr einen Vorsprung gelassen und war ihr dann nachgeschlichen. Alle paar Schritte musste sie in einer Türnische oder hinter einer Säule in Deckung gehen, um von Kathi nicht bemerkt zu werden.

Ziel des Mädchens war eine eckige Säule am Ende des Ganges, auf der eine steinerne Büste des Internatsgründers stand. Kathi zog einen Umschlag aus dem Waschbeutel, versicherte sich, dass niemand zusah, und steckte den Umschlag dann hinten in den Spalt zwischen Büste und Podest. Mit einem erleichterten Seufzer, als habe sie soeben eine besonders anstrengende Arbeit hinter sich gebracht, machte sie sich auf den Rückweg.

Hinter einer Blattpflanze an die Wand gepresst stand Lieselotte und wartete, bis das Mädchen vorbei war. So unauffällig wie möglich lief sie auf die dunkelgraue Büste zu, um den Umschlag zu untersuchen. Sie ahnte, was er enthielt, wollte aber Gewissheit haben.

Fest stand, dass nach Kathi niemand mehr am Ende des Ganges gewesen war. Da es dort weder Fenster noch Zimmer gab, hätte jede Person an Lilo vorbeikommen müssen. Das aber war nicht geschehen. Trotzdem erlebte Lilo eine Überraschung, über die sie noch immer nachgrübelte:

Der Umschlag war weg.

Als wäre ein unsichtbarer Geist gekommen und hätte ihn geholt, ging es Lieselotte durch den Kopf. Sie suchte nicht nur die Säule ab, sondern auch den Boden rundherum. Doch der weiße Umschlag blieb verschwunden.

Wie kann das sein? Diese Frage hämmerte immer wieder in Lilos Hirn. Wie ist das möglich? Wohin verschwand der Umschlag?

Ohne Zweifel hatte er Geld enthalten. Das Eintrittsgeld, das Kathi bezahlen musste, um dabei zu sein, wenn Luisa unter dem Dach mit dem Geist dieses Mädchens in Kontakt trat. Wie war der Name gewesen? Lore May?

„Ich werde erstmal suchen, ob es irgendwo etwas über diese Lore May nachzulesen gibt", beschloss Lilo.

Nach dem Frühstück gab Lilo Dominik ein Zeichen, zu ihr zu kommen. Sie entfernten sich ein paar Schritte vom Tisch. „Kannst du etwas für mich herausfinden?"

Dominik sah Lilo zweifelnd an. „Für dich? Was heißt das?"

„Ich meine für *uns*. Aber Axel braucht nichts davon zu erfahren. Er verheimlicht uns nämlich auch etwas."

„Meinst du wirklich?" Dominik warf einen Blick zu Axel, der in diesem Augenblick zu ihm starrte, aber schnell den Kopf wegdrehte.

„Es geht um das Geistermädchen, von dem Poppi erzählt hat, um Lore May", flüsterte Lieselotte. Geheimnistuerisch hatte sie sich zu Dominiks Ohr gebeugt. Axel, der das beobachtete, kochte innerlich. „Angeblich wollte sie hier zur Schule gehen, durfte aber nicht."

„Falls es eine Art Schulbibliothek und eine Chronik von früher gibt, finde ich vielleicht etwas“, sagte Dominik gedehnt.

In der dritten Schulstunde hatte die Klasse, in die Axel und Lilo eingeteilt worden waren, Mathematik. Heute sollte eine Klassenarbeit geschrieben werden. Unterrichtet wurden sie von Verena Orther, einer Frau mit Vorliebe für dicke Tweedkostüme und Wollstrümpfe. Ihre Schuhe sahen aus, als wollte sie einen Berg besteigen, und Axel traute ihr zu, dass sie dicke Zigarren rauchte.

Frau Orther bewegte sich durch die Klasse wie ein Roboter ohne Gefühle. Nachdem ein Junge aus der ersten Reihe die Arbeitshefte ausgeteilt hatte, brachte sie selbst die Aufgabenzettel an jeden Platz. Sie hatte nicht nur zwei, sondern gleich drei verschiedene verfasst, damit auch bestimmt niemand abschreiben konnte. Ein Mädchen hob die Hand und wollte etwas fragen, aber die Lehrerin schüttelte abweisend den Kopf. „Es steht alles klar und deutlich auf deinem Zettel. Wenn du etwas nicht verstehst, hast du wohl nicht genug gelernt.“

„Den ersten Preis in Freundlichkeit gewinnt die nicht“, brummte Axel vor sich hin. Lilo und er sollten die Arbeit auf Zettel schreiben, da sie noch keine

Klassenarbeitshefte hatten. Während Lieselotte wenigstens zwei der vier Aufgaben lösen zu können glaubte, verstand Axel nur Bahnhof.

Aus den Augenwinkeln beobachtete Lilo das pummelige Mädchen, das sich so gefreut hatte, die Aufgaben von Lore May zu erhalten. Ihr Füller flog über das Papier. Für sie schien es keine Unklarheiten oder Probleme zu geben. Ihre dünne Freundin lächelte selig und schrieb genauso rasch.

Die beiden hatten also tatsächlich schon vor zwei Tagen erfahren, welche Aufgaben gestellt werden würden. Sie hatten offensichtlich mit Hilfe einer Freundin, die in diesem Fach gut war, alle gelöst und mussten sie jetzt nur auswendig noch einmal niederschreiben.

„Unfassbar", dachte Lilo. „Woher hatte dieser Geist die Aufgaben? Konnte er tatsächlich in Köpfe von Menschen sehen und Gedanken lesen oder die Zukunft vorhersehen? Und wieso wählte sich Lore May ausgerechnet Luisa als Medium?"

Die Pummelige und die Zarte waren als Erste fertig. Frau Orther kam zu ihnen und sah ihnen über die Schulter. Ihre Augenbrauen wanderten überrascht nach oben. Ein kurzes Nicken zeigte an, dass die Mädchen richtig gerechnet haben mussten.

Lilo spürte, wie ihr Gänsehaut den Rücken nach

oben kroch. Sie schauderte. Der Spuk im Internat wurde ihr zum ersten Mal selbst unheimlich.

In der Pause fing Axel Dominik auf dem Gang ab. Breitbeinig pflanzte er sich vor ihm auf. „Hör zu, du kannst dich jetzt entscheiden: Entweder du machst bei mir mit oder bei Lilo."

Dominik schüttelte verständnislos den Kopf. „Ich habe das Gefühl, bei dir laufen nicht alle Zahnräder reibungslos."

Axel packte Dominik vorne am Hemd und zog ihn in die Höhe. „Spar dir diese Klugscheißerei! Quatsch wie ein normaler Mensch oder halt die Klappe!"

Ärgerlich boxte Dominik in Axels Richtung. Da Axel den Arm aber ausgestreckt hielt, erreichte ihn Dominiks Faust nicht. Das machte nun wieder Dominik wütend.

„Du Spinner! Hältst dich wohl für etwas Besseres, aber deine Kappe trägst du nur, damit man nicht deinen leeren Kopf sieht."

Unerwartet ließ Axel Dominik los, sodass er zu Boden stürzte. „Ich brauche euch alle nicht", zischte er aufgebracht. „Spielt doch weiter euer dämliches Bandenspiel. Wir werden ja sehen, wer am Ende die Nase vorn hat."

Umständlich rappelte sich Dominik auf und wollte Axel etwas nachrufen. Der aber war schon im Pausengetümmel untergetaucht und verschwunden.

„So ein Knallkopf", schimpfte Dominik leise vor sich hin. Er bemerkte die Jungen, die alles beobachtet hatten und hinter vorgehaltener Hand über ihn kicherten. „Verzieht euch in den Kindergarten", fuhr er sie an.

Dominik traf Lilo und Poppi im Erdgeschoss des Turmes, wo sie an eine Säule gelehnt Bananen verdrückten. Als er ihnen vom Zusammenstoß mit Axel erzählte, meinte Lieselotte nur: „Hat wohl wieder einen Giftzwerganfall. Lass ihn ausspinnen! Er fängt sich wieder."

WAHRE GRUSELGESCHICHTEN

Beim Mittagessen saßen Lilo, Poppi und Dominik an einem Tisch zusammen. Sie hatten beschlossen, das ungeschriebene Gebot, dass nur Gleichaltrige am selben Tisch sitzen durften, zu ignorieren. Zwar streiften sie manche abschätzige Blicke, aber das war ihnen egal. Axel wählte einen Platz auf der anderen Seite des Saales.

„Nach dem Essen gehe ich in die Bibliothek", kündigte Dominik den Mädchen an. „Wir sollten uns danach in Laudanskys Arbeitszimmer treffen. Vielleicht kann ich euch schon etwas berichten."

Lieselotte war sofort einverstanden.

Die Bibliothek befand sich in einem würfelförmigen Gebäude gleich neben dem Eulenturm. Um sie zu betreten, musste man an einem Schreibtisch vorbei, an dem eine zarte Frau mit grauen Löckchen saß. Obwohl sie bestimmt schon an die siebzig Jahre alt war, hatte sie ein puppenhaftes Gesicht.

„Jungchen, deinen Bibliotheksausweis", verlangte sie von Dominik.

„Ich habe keinen, ich bin neu", erklärte Dominik.

„Aha!" Die Frau holte eine rosafarbene Karte aus der Schublade und ließ Dominik die freien Stellen ausfüllen.

Auf einem Schild, das vorn auf dem Schreibtisch stand, war der Name der Frau zu lesen: Nanette Poirot.

„Frau Poirot …", begann Dominik, als er mit dem Ausfüllen fertig war.

„Fräulein Poirot", verbesserte ihn die alte Dame.

„Sind Sie auch Erzieherin bei den kleinen Mädchen?"

Nanette Poirot nickte mit einem verschmitzten Lächeln. „Ja, ich bin die Mäuse-Dompteuse. So nennen mich die Kollegen immer. Eigentlich gehöre ich längst auf den Schrotthaufen zum alten Eisen, aber der Direktor hat mich immer wieder gebeten zu bleiben. Ich habe keine eigenen Kinder und bin ganz allein, das Internat ist mein Zuhause, und deshalb werde ich hier arbeiten, bis ich tot umfalle."

Dominik machte ein verlegenes Gesicht. Was sollte er darauf sagen? „Äh … ich habe da über ein Mädchen gelesen. Sie war – glaube ich – nicht im Internat. Lore May soll sie geheißen haben."

Die wässrigen blauen Augen von Nanette Poirot leuchteten erstaunt auf. „Wo kann man etwas über Lore May lesen, außer in unserer Schulchronik? Diesen Band hat aber schon lange niemand mehr ausgeliehen."

„Vielleicht ist es mir auch erzählt worden", sagte Dominik hastig.

Das alte Fräulein blickte verträumt vor sich hin und seufzte. „Lore May und Arthur Gustavson – sie waren wie Romeo und Julia."

„Was wollen Sie damit sagen?"

„Vor nicht ganz hundert Jahren hat der kleine Arthur hier unser Internat besucht. Es war damals nur Jungen zugänglich, Mädchen gab es hier nicht. Doch Arthur und Lore, die waren ein Liebespaar. Mit nur zehn Jahren hatten sie einander versprochen, später zu heiraten."

Dominik rollte die Augen. Was wurde das für eine schmalzige Geschichte?

„Doch die Mays und die Gustavsons waren Erzfeinde. Schon die Großväter hatten einander gehasst, die Väter hatten sich ständig um Land gestritten, von dem beide Seiten behaupteten, es gehöre ihnen. Damals wurden auch noch Duelle ausgetragen, und bei so einem Duell hat ein May einen Gustavson erschossen. Danach war der Familienkrieg noch schlimmer geworden, obwohl die Familien Nachbarn waren."

„Und Lore und Arthur haben sich kennen gelernt und ineinander verliebt", warf Dominik ein.

Nanette Poirot seufzte. „Genau so war es, mein Junge. Sie sind heimlich über die Zäune geklettert, die ihre Väter errichtet hatten, und haben miteinander gespielt. Doch Arthurs Vater ist dahinter gekommen, und aus diesem Grund hat er seinen Sohn in unser Internat gebracht. Weit weg von den Mays. Doch die treue Lore ist ausgerissen und zu Fuß mehr als hundert Kilometer gewandert, nur um Arthur zu besuchen. Sie stand drüben am anderen Ufer des Sees und hat nach ihm gerufen."

Dominik zog einen Stuhl näher und ließ sich darauf nieder. Gespannt wartete er, wie die Geschichte weiterging.

„Arthur hörte Lores Stimme, während er in seinem Zimmer an seinen Hausaufgaben arbeitete. Er schlich in den Garten und nahm ein Boot. Es war ein nebliger Tag im Herbst. Es wird erzählt, er sei auf den See gefahren und habe Lore am anderen

Ufer erreicht. Was dann geschah, weiß man nicht genau. Fest steht, dass die beiden auf den See gerudert sind. Fest steht auch, dass ein Sturm losbrach. Völlig überraschend. Als er die Nebelschwaden zerriss, sollen Schüler beobachtet haben, wie Arthur verzweifelt versuchte, zum Ufer zu rudern."

Nanette Poirot legte eine lange Pause ein, in der ihr Blick durch das Fenster nach draußen auf den See wanderte. „Der Mühlensee verwandelt sich bei Sturm in einen gierigen Schlund, der alles verschlingt, was er bekommen kann. Das Wasser schäumt, die Wellen wachsen meterhoch, und wer schwimmt oder mit dem Boot fährt, ist verloren."

„Das bedeutet", Dominik schluckte, „dieser Arthur und seine Lore sind …"

„… beide ertrunken. Ja." Fräulein Poirot sah Dominik mit tieftraurigen Augen an. Eine Träne rollte ihr über die Wange. „Entschuldige", schniefte sie und zog ein Spitzentaschentuch heraus, in das sie sich heftig schnäuzte.

„Und das ist auch echt wahr?", fragte Dominik zweifelnd. „Schließlich liegt das alles schon eine Weile zurück."

„Es gibt eine lange Eintragung in unserer Schulchronik, die der damalige Direktor verfasst hat."

„Das war früher wirklich alles anders", stellte Do-

minik fest. „Und wieso sich zwei Familien so in die Haare kriegen können, verstehe ich überhaupt nicht.“

Fräulein Poirot seufzte dreimal tief. „Ach ja, Sachen gibt es, die sollte es gar nicht geben.“ Sie drehte sich zu Dominik und legte ihre kleine faltige Hand auf seinen Arm. „Doch das ist nicht das Schrecklichste, was sich hier im Internat ereignet hat.“

„Zwei Kinder ertrinken im See, und es soll etwas noch Schrecklicheres geben?“ Dominik konnte sich das gar nicht vorstellen.

„Oh ja“, sagte das Fräulein ernst. „Noch viel schlimmer ist das Verschwinden des Daniel Lammer.“

Dominik richtete sich im Stuhl auf. „Das Verschwinden des Daniel Lammer?“ Der Satz hörte sich an wie der Titel eines Gruselromans.

„Daniel Lammer muss so alt gewesen sein wie du. Es war vor …“, Nanette Poirot rechnete im Kopf etwas nach und sagte schließlich, „vor einundvierzig Jahren. Ich war damals schon hier und habe die erste Mädchenklasse betreut, die es gab.“

„Und?“ Ungeduldig wartete Dominik darauf, wie die Geschichte weiterging.

„Daniel war der schlimmste Junge, den wir damals hatten. Er spielte jedem Lehrer Streiche. Zum Beispiel sägte er Tische an, die dann zusammenbrachen, oder bestrich Stühle mit Leim. Er schüttete Öl auf den Gängen aus, sodass alle ausrutschten und stürzten. Damals wurde noch mit Kohleöfen geheizt und Daniel füllte heimlich Schafwolle ein. Der Gestank, als sie verbrannte, war unerträglich. Ach, kein Tag verging, an dem Daniel nicht neuen Ärger stiftete.“

„Und wohin ist er dann verschwunden?“, wollte Dominik wissen.

„Bis heute wurde das nicht geklärt“, erzählte Nanette Poirot aufgeregt. Sie hatte die Stimme gesenkt, als ginge es um ein Geheimnis. „Zur Strafe wurde er in das Verlies gesperrt.“

Davon hatte Dominik schon gehört. „Das ist ein Raum im Keller, nicht wahr?“

„Ich habe nie viel von solchen Strafaktionen gehalten“, erklärte die Erzieherin. „Aber bis heute hat sich dieses Verlies erhalten. Daniel wurde also dort eingeschlossen. In einen Raum ohne Fenster und mit nur einer Tür, die von außen verriegelt wird. Vier Stunden sollte er dort verbringen. Als man ihn danach wieder herausholen wollte, war er verschwunden. Fort. Ohne eine Spur zu hinterlassen.“

„Das gibt es nicht“, war Dominiks Reaktion.

„Meinst du? Denkst du wirklich? Es war aber so. Daniel ist nie wieder aufgetaucht. Es wurde eine große Suchaktion unternommen. Und nicht nur im Internat und im Park, sondern in der ganzen Umgebung. Doch von Daniel keine Spur.“

„Bis heute nicht?“

Die alte Dame nickte langsam. „Bis heute nicht. Es wurde niemals aufgeklärt, was mit ihm geschehen ist.“

„Aus einem verschlossenen Raum kann man nicht einfach verschwinden. Es sei denn, man ist ein Geist und geht durch Wände." Kaum hatte Dominik das ausgesprochen, wurde ihm klar, was er gerade gesagt hatte.

„Ein Geist?" Fräulein Nanette sah ihn nachdenklich an. „Geist? Du meinst, Daniel hat nie gelebt, sondern das Internat als Geist heimgesucht? Falls er hier Böses anrichten wollte, so ist es ihm gelungen."

Wieder entstand eine lange Pause, in der die alte Erzieherin auf ein hohes Bücherregal starrte, als könne sie dort die Bilder der Vergangenheit sehen.

„Wieso? Was ist geschehen?", forschte Dominik weiter.

„Dem damaligen Direktor wurde gekündigt. Er machte sich schwere Vorwürfe, und er soll ein schlimmes Ende genommen haben."

Dominik atmete schnaufend aus. „Klingt alles ziemlich übel. Und außerdem mysteriös."

Nanette Poirot nickte mit bekümmerter Miene. „Es macht mich immer noch traurig, wenn ich davon erzähle. Gleichzeitig jagt mir der Gedanke an die Ereignisse von damals eine Gänsehaut über die Arme." Sie zog das Wolltuch fester um sich, das sie auf den Schultern liegen hatte. „Es war ungefähr in diesen Tagen, dass Daniel verschwunden ist. Vielleicht ein oder zwei Wochen früher im Jahr." Auf einmal musterte sie Dominik argwöhnisch. „Aber weshalb interessierst du dich für all diese Vorfälle? Und woher kennst du Lore Mays Namen?"

Dominik hatte es nun sehr eilig. Er sprang auf und meinte: „Es würde zu lange dauern, Ihnen das zu erklären. Doch vielen Dank für alles. Ich komme bald wieder, wenn ich Nachschub an Lektüre brauche." Er verneigte sich steif und artig, die Hände an der Hosennaht, und verließ die Bibliothek.

Auf dem Flur blieb er stehen, atmete kräftig durch und straffte dann die Schultern. Lilo und Poppi würden bestimmt große Augen machen, wenn er ihnen das alles erzählte.

AXEL IN GEHEIMER MISSION

Die Knickerbocker-Bande traf sich ohne Axel im Arbeitszimmer von Doktor Laudansky. Die Mädchen hörten Dominiks Bericht an, ohne ihn auch nur ein einziges Mal zu unterbrechen. Poppi kaute an ihren Fingernägeln, Lilo an den Spitzen ihrer Zöpfe.

Erst als Dominik fertig war, meinte sie: „Langsam beginne ich an echte Geister zu glauben. Wenn ich nicht überzeugt wäre, dass es Spuk nicht gibt, dann würde ich sagen, Lore May und ihr Arthur seien zurückgekehrt, um sich zu rächen."

„Das Geld", erinnerte Poppi sie.

Dominik legte fragend den Kopf zur Seite.

„Ich wette, Kathi hat heute einen Umschlag mit Geld zu einer Büste gebracht. Obwohl kein Mensch in die Nähe kam, war der Umschlag sofort verschwunden."

„Gibt es nicht", war Dominiks Kommentar.

„Ich habe es mit eigenen Augen gesehen", versicherte ihm Lilo.

„Wie soll das weitergehen?", wollte Poppi wissen.

Dazu hatte sich Lieselotte schon Gedanken gemacht. „Wir müssen zu einer dieser Versammlungen, wenn Luisa in Kontakt mit Lore May tritt. Ich will das genau sehen."

„Und was mache ich?" Dominik fühlte sich nicht so wohl in seiner Haut, seit Axel mit ihm nichts mehr zu tun haben wollte.

„Du müsstest versuchen, noch einmal den Geist von Arthur zu sehen. Hast du deine Kamera mit?"

Dominik nickte.

„Fotografiere ihn. Die Bilder könnten uns vielleicht einen Hinweis bringen."

Beim Gedanken, dem Geisterjungen allein gegenüberzustehen, fröstelte Dominik.

„Und Axel?" Poppi sah ihre Freunde bittend an. Sie mochte es einfach nicht, wenn die Bande Streit hatte. Sie waren vier und nicht drei und einer.

Lilo machte eine wegwerfende Handbewegung. „Lass ihn ausspinnen, der kommt wieder!"

Im Speisesaal herrschte hektisches Treiben. Bevor das Essen ausgeteilt wurde, gab es immer ein Gemurmel, das an das Summen in einem Bienenstock erinnerte. Je mehr Schüler ihr Essen auf dem Tablett zum Tisch getragen hatten, desto leiser wurde es. Bald war nur noch das Klirren von Besteck und genüssliches Schmatzen zu hören.

Poppi hatte sich gleich, als sie mit Lilo den Saal betreten hatte, nach Axel umgesehen. Sie wollte auf ihn einreden, damit er wieder mitmachte.

Doch Axel war nirgendwo zu sehen. Auch später, als schon alle aßen, konnte ihn Poppi an keinem der Tische entdecken.

„Er ist nicht gekommen? War er im Zimmer?“, wollte sie von Dominik wissen.

„Ja, war er. Aber er hat nicht mit mir gesprochen“, erzählte der Junge kauend.

Was keinem der drei auffiel war, dass noch zwei andere fehlten.

Axel hatte am Nachmittag einen Plan gefasst: Für ihn stand fest, dass Benno und André mit den Geistern etwas zu tun haben mussten. Sie darauf anzusprechen, traute er sich nicht. Es wäre bestimmt auch sinnlos gewesen, da die beiden ihm keine Antwort gegeben hätten.

Noch immer wusste er nicht, was die Jungen in der Nacht im Park zu schaffen gehabt hatten. Ausgesehen hatte es wie eine Übergabe an einen Unbekannten, der von ihnen nichts wissen sollte.

Aber was war übergeben worden?

Andrés Verschwinden zwischen den beiden Gebäuden hatte er auch noch nicht klären können. An diesem Nachmittag hatte es die ganze Zeit genieselt und deshalb war es den Schülern nicht erlaubt gewesen, in den Park zu gehen. Axel musste seine Nachforschung also auf später verschieben.

Als er am Nachmittag zum Speisesaal unterwegs war, in dem sich ein Getränkeautomat befand, waren ihm André und Benno durch Zufall über den Weg gelaufen. Da sie zu den Ältesten gehörten, durften sie jeden Nachmittag das Internat verlassen und in die Stadt gehen. Sie mussten sich nur vor dem Verlassen des Hauses in ein Buch eintragen und bei der Rückkehr wieder löschen.

Hinter einem Türstock stehend schielte Axel um die Ecke und beobachtete die beiden. Kaum waren sie draußen, lief er zu dem Buch und schlug es auf. Sie hatten angegeben, etwas besorgen zu müssen, und als Zeitpunkt der Rückkehr das Abendessen genannt.

Das bedeutete, dass Axel Zeit hatte, ihr Zimmer

einmal unter die Lupe zu nehmen. Mit klopfendem Herzen und weichen Knien näherte sich Axel dem Trakt, der von den älteren Jungen bewohnt wurde.

Wieder kam ihm das Glück zu Hilfe. Der Großteil der Burschen spielte Basketball und hatte ein auswärtiges Match zu bestreiten. Auf den Gängen war es still. Nur in einem Zimmer war ein Radio zu hören. Wahrscheinlich war vergessen worden, es abzustellen.

Es war nicht so einfach, die „Gruft" zu finden. Der Jungentrakt war auf mehreren Ebenen angelegt, die Treppen bildeten ein Labyrinth. Nach einigem Suchen fand Axel endlich die Tür, neben der die Namen von Benno und André standen.

Prüfend sah er nach links und rechts. Es war weit und breit niemand zu sehen. Axel hielt die Luft an und lauschte in den Gang. Keine Schritte. Keine Stimme. Kein Geräusch.

Erwartungsgemäß war das Zimmer abgesperrt. Für Axel stellte das aber kein großes Problem dar. Nicht nur das Haus war alt, sondern auch die Schlösser der Türen. Mit Hilfe seines Spezial-Taschenmessers gelang es Axel nach einigen Versuchen, das Schloss zu öffnen.

Er trat ein und drückte die Tür leise hinter sich zu. Er konnte nur hoffen, dass Benno und André nichts vergessen hatten, das sie vielleicht zum Umkehren bewog.

Wie Poppi berichtet hatte, war der Raum, in dem er sich befand, klein. Ein tiefes Fenster führte in den Garten hinaus. Man musste es nur öffnen und einen großen Schritt machen, schon stand man im Freien. Diese Gelegenheit wollte Axel nützen: Er drehte den matten Messinggriff und zog den Fensterflügel auf. Die Scheiben waren nicht gut eingekittet und klirrten leise.

Geschickt turnte Axel ins Freie, wo ihn eine feuchte Kälte empfing. Der Nieselregen war fein, sein Sweatshirt und die Jeans fühlten sich sofort klamm und nass an. Axel schlich die Mauer entlang zu der Stelle, an der der schmale Durchgang begann. Sehr auffällig war er nicht. Wenn man schnell daran vorbeiging, konnte man ihn leicht übersehen.

Wie in der Nacht setzte Axel Fuß vor Fuß. Sein Blick wanderte dabei am rauen Verputz der Mauern auf und ab. Leise zählte er seine Schritte mit, bis er die Stelle erreicht hatte, an der André in der vergangenen Nacht verschwunden zu sein schien. Als er den Kopf nach hinten neigte und hoch sah, wurde ihm schlagartig einiges klar.

In einer Höhe, die der große, sportliche André mit einem kräftigen Sprung erreichen konnte, befand sich eine Stange zwischen den Mauern. Wahrscheinlich diente sie als Stütze, damit die alten Bauwerke nicht eines Tages einstürzten. André musste sich also abgestoßen und die Stütze gepackt haben. Darüber kam noch eine und dann noch eine. Sie waren schwarz, und deshalb hatte Axel sie wohl in der Nacht übersehen.

Über diese Riesenleiter war André also hochgeklettert. Aber was hatte er dort oben getan?

Axel schwenkte die Arme und ging federnd in die Knie. Mit aller Kraft katapultierte er sich in die Höhe und streckte die Hände nach der Metallstange aus. Seine Finger rutschten ab und er fiel zu Boden. Davon ließ er sich jedoch nicht entmutigen, und nach einer kurzen Verschnaufpause, in der er neue Kräfte sammelte, unternahm er den nächsten Versuch. Diesmal mit Erfolg.

Er zog sich nach oben und schwang die Beine über die Stange. Nachdem er aufgestanden war, musste er aber feststellen, dass die nächste Stange für ihn zu hoch war. Einen Sprung wagte er nicht, da die Gefahr abzustürzen zu groß war. So viel er von seiner Position aus sehen konnte, war André über die Stangen auf das Dach geklettert. Wohin war er von dort gegangen?

Da er nichts weiter ausrichten konnte, sprang

Axel wieder hinunter und kehrte in das Zimmer zurück. Vorsichtig schloss er das Fenster. Als er einen Schritt machte, entdeckte er die Erdspur, die er hinterließ.

„Mist“, schimpfte er und schlüpfte aus den Sportschuhen. Den Schmutz wollte er später wegwischen, zuerst kam das Zimmer an die Reihe.

Der kleine Raum bot nichts, was irgendwie besonders gewesen wäre. Schreibtische mit einem Chaos aus Heften, Büchern und Mappen, zwei offene Schränke, aus denen Hosen und Hemden lugten, ein zerschlissener Sessel, dessen Bezug einmal bunte Karos gehabt hatte.

In der linken hinteren Ecke war ein Loch im Boden, in das sich eine Wendeltreppe aus Metall schraubte. Axel schlich sie hinunter und erreichte den Schlafraum, der noch kleiner war. Es stimmte tatsächlich, dass er keine Fenster besaß. Die Betten waren nur durch ein Nachtkästchen getrennt, auf dem sich Comichefte stapelten. Außerdem wurde eine ganze Wand von einem eingebauten Schrank eingenommen.

Neugierig trat Axel an den Schrank heran. Er griff nach den Messingknöpfen der Türen und zog daran. Doch sie ließen sich nicht öffnen. Da keine Schlüssellöcher oder Riegel zu sehen waren, mussten die Schranktüren entweder klemmen oder auf eine andere Art blockiert sein.

Axel versuchte nun die beiden anderen Schranktüren, hatte aber auch dort kein Glück.

Oben hörte er, wie die Zimmertür mit einem leisen Klick zuging. Der Schreck schoss ihm durch alle Glieder.

Benno und André waren zurück und er saß in der Falle. Hier unten würden sie ihn entdecken, und bestimmt würden sie nicht sehr freundlich mit ihm umgehen. Das einzige Versteck, das er sah, war unter den Betten. Er zögerte nicht, sondern ließ sich auf den Bauch fallen und rutschte unter das Bett, das fast direkt am Schrank stand. Seine Schuhe, die er in der Hand getragen hatte, zog er nach. Der Raum zwischen Boden und Matratze war sehr schmal und Axel konnte kaum atmen.

DER FALSCHE SCHRANK

Langsam ging jemand oben durch das Zimmer. Genauso langsam kam der Unbekannte die Treppe herunter. Er schritt so nahe an Axels Kopf vorbei, dass dieser die Schuhcreme riechen konnte, mit der die schwarzen Schuhe eingerieben waren.

Dunkelgraue Hosenbeine, schwarze Strümpfe und schwarze Schuhe. Mehr konnte er nicht sehen.

Die Beine traten vor den Schrank. Wie vorhin er selbst versuchte der Unbekannte den Schrank zu öffnen. Es musste sich um einen erwachsenen Mann handeln, ganz bestimmt nicht um einen Schüler.

Der Eindringling rüttelte heftig an der Schranktür. Als sie trotzdem nicht nachgab, trat er mit aller Kraft dagegen. Einmal, zweimal, dreimal und ein viertes Mal. Er schien sehr wütend zu sein. Und dann hatte er Erfolg. Die Schranktür ließ sich schließlich doch öffnen. Das Knarren und Ächzen des Holzes war schrill und schmerzte in den Ohren.

Eine Weile stand der Unbekannte nur da. Was tat er? Starrte er in den Schrank?

Axel gelang es, den Kopf zu drehen und in Richtung Schrank zu spähen.

Konnte das richtig sein? Oder täuschte er sich? Befand sich hinter der Schranktür eine Öffnung in der Mauer?

Die Tür wurde energisch geschlossen und der Unbekannte zog eilig ab. Axel hörte, wie er das

Zimmer verließ. Als er erleichtert aus seinem Versteck kommen wollte, ging die Tür oben schon wieder auf. André und Benno kehrten überraschend zurück. Sie hatten einen heftigen Streit.

„Du bist wirklich zu dämlich zu allem", schimpfte André. „Wie kannst du den Brief hier liegen lassen? Und wenn einer der Aufseher Lust bekommt, unsere Bude zu kontrollieren?"

„Schrei mich nicht an", wimmerte Benno. Er klang weinerlich. „Ich ... ich habe ihn nicht herumliegen lassen, sondern zwischen meinen Unterhosen versteckt. Dort guckt schon keiner."

„Wir hätten ihn heute einwerfen müssen."

„Wozu? Schieben wir ihn doch unter der Tür durch."

Nach einer kurzen Denkpause meinte André: „Halte ich für zu riskant."

„Soll ich ... soll ich ihn jetzt noch zum Postkasten bringen?", fragte Benno so kläglich wie ein kleiner Junge, der seine Mami um Verzeihung bittet.

„Ja, tu das. Aber verlauf dich nicht!" In Andrés Stimme klang beißender Spott. Benno zog schniefend die Nase hoch und verließ das Zimmer wieder.

Oben rumorte André herum, rückte einen Stuhl, öffnete Schreibtischschubladen und schimpfte vor sich hin.

Axel flehte im Stillen, er möge doch auch das Zimmer verlassen. Der Knickerbocker konnte nicht die ganze Nacht unter dem Bett liegen bleiben.

Die elektronische Melodie eines Handys ertönte. André meldete sich mit einem knappen: „Ja?"

Der Anruf schien ihn zu freuen, denn seine Stimme wurde sofort freundlicher. „Hi, Baby", säuselte er. „Ich habe Sehnsucht nach dir." Er hörte eine Weile zu und sagte dann sachlicher: „Übertreib es mal nicht! Ich finde es ganz schön dreist, wie du die Mädchen ausnimmst. Das Ganze war nur als Spaß gedacht. Langsam wird mir zu viel, was du daraus machst."

Axel horchte auf. Mit wem telefonierte er? Und wenn André von einem „Scherz" sprach und „das Ganze" meinte, ging es dann vielleicht um die Geister?

Die Zimmertür flog auf und jemand polterte keuchend herein.

„André, André!", japste Benno. „Er weiß, dass wir es sind. Er … er hat mir das überreicht. Auf dem Gang. Wir können uns den neuen Brief sparen."

„Schätzchen, ich muss Benno das Maul stopfen", entschuldigte sich André und beendete das Telefonat. Danach schrie er: „Du hohlköpfiges Trampeltier, was soll der Quatsch? Warum stellst du dich nicht gleich auf den Gang und schreist es durch die Gegend!" Die Zimmertür wurde mit einem Knall geschlossen.

Benno hatte Mühe, seinen Atem zu beruhigen. Er schnaufte wie ein kaputter Blasebalg. „Kapierst du nicht? Er weiß, dass wir ihn erpressen!", sagte er mit gequetschter Stimme. „Und er ... er hat mir jetzt auf dem Gang das gegeben."

Einen Augenblick herrschte Stille. Danach wurde Papier zerfetzt. Ein Zettel raschelte beim Auffalten.

„Was schreibt er?", wollte Benno wissen. Er klang, als würde er gleich in Tränen ausbrechen.

„Lies selbst!" Wieder raschelte der Zettel. Lang schien die Nachricht nicht zu sein, denn Benno fragte schnell: „Wieso sollen wir dorthin kommen?"

„Was weiß ich? Wahrscheinlich, weil er das für das Unauffälligste hält. Immerhin hat der gute Mann etwas zu verlieren. Wenn wir ihn auffliegen lassen, gibt es einen Riesenskandal."

„Gehen wir hin?"

„Was sonst? Ich wette, er zahlt. Bleibt ihm auch nichts anderes übrig, wenn wir sein grausiges Geheimnis nicht verraten sollen."

„Er will uns in zehn Minuten treffen."

„Dann werden wir in zwanzig da sein. Lass ihn

zappeln! Das macht ihn schön mürbe. Er soll sich in die Hosen machen vor Angst."

André lachte trocken. Mit einiger Mühe schaffte es Benno, in das Lachen einzustimmen. „Mann, André, du bist schon gerissen."

Benno vertilgte einen Schokoriegel, während André etwas trank. Die Minuten krochen quälend dahin. Axel spürte, wie seine Arme und Beine langsam einschliefen. Er konnte nicht viel länger so liegen bleiben.

Endlich, er hatte das Gefühl, schon eine Ewigkeit hier zu sein, verließen die beiden Jungen das Zimmer. Axel wartete noch eine weitere Minute, bevor er sich unter dem Bett hervorschob und mühsam aufstand.

Das Stehen fiel ihm schwer. Seine Beine waren auf einmal so schwach, als habe jemand die Knochen herausgezogen. Endlich war der Weg frei und er konnte fort. Seine Schuhsohlen, die auf seiner Erkundungstour im Park nass geworden waren, schienen getrocknet zu sein. Erleichtert zog Axel die Schuhe wieder an, dann bewegte er sich zur Treppe und griff nach dem Geländer. Er wollte schon den Fuß auf die erste Stufe setzen, als er innehielt und einen Blick zurück auf den seltsamen Wandschrank warf.

Benno und André waren bestimmt eine Weile beschäftigt. Danach würden sie wahrscheinlich gleich weiter zum Abendessen gehen. Jedenfalls hoffte Axel das.

„Jetzt bist du da, jetzt sieh nach!“, befahl er sich selbst. Obwohl alles in ihm „Nein“ schrie und dagegen war, stolperte er zum Schrank zurück und rüttelte wieder an den Türen. Er erinnerte sich, was der Unbekannte getan hatte, und trat mit voller Wucht dagegen.

Diese Methode hatte Erfolg und die linke Türhälfte sprang einen kleinen Spalt nach vorn. Axel konnte seine Finger hineinstecken und die Holzplatte zu sich ziehen.

Die Tür stand offen. Sofort quoll wieder kühle Luft aus der Öffnung. Der Geruch von nassen Ziegeln und Moder stieg Axel in die Nase.

Seine Finger zitterten, als er nach der Taschenlampe griff. Er drehte am vorderen Ende, um sie einzuschalten, und leuchtete in das dunkle Loch, das sich vor ihm befand.

Der Schrank war kein echter Schrank. Er besaß keine Tiefe. Die Vorderfront war direkt an eine Holzplatte montiert, die das Mauerwerk verdeckte. Feuchtigkeit hatte sie zum Aufquellen gebracht und mit Gewalt war ein ausgefranstes Loch hineingeschlagen worden. Groß genug für einen Menschen, um durchkriechen zu können.

Wieder kämpfte Axel mit sich selbst. Sollte er nachsehen, was sich dahinter befand?

Bevor er sich durch die Öffnung zwängte, steckte er einen Arm und den Kopf durch und leuchtete den Raum ab.

Was war das? Wo befand er sich da? Der Lichtkegel der Taschenlampe fiel auf Backsteinwände, die feucht schimmerten.

Sie standen so nahe beisammen, dass ein dicker Mensch wie Benno sich bestimmt seitlich durchschieben musste, wollte er nicht stecken bleiben. Der Gang war aber ziemlich hoch. Axel schätzte ihn auf zweieinhalb Meter.

Was war das für ein Gang? Wohin führte er? Wozu war er einmal angelegt worden?

Axel fiel ein, dass er sich in einem der ältesten Trakte des Internats befand. Seine Neugier war nun geweckt und er konnte gar nicht anders, als sich durch das Loch in der Holzwand zu zwängen. Nachdem er auf der anderen Seite zu Boden gefallen war, rappelte er sich wieder auf und griff zurück zur Schranktür. Mit einem kräftigen Ruck gelang es ihm, die Tür zu sich zu ziehen. An der Innenseite befand sich sogar ein Griff, der es möglich machte, sie ganz zu schließen. Falls André und Benno überraschend zurückkamen, würden sie nicht erkennen können, dass Axel ihr Geheimnis entdeckt hatte.

„Ich löse den Fall der Internatsgeister", ging es ihm durch den Kopf. Er musste bei diesem Gedanken triumphierend grinsen. Lieselotte würde sich ins Hinterteil beißen, weil er die Nase vorne hatte und nicht sie, diese Frau Superschlau.

Der Gang war noch enger als der Spalt zwischen den beiden Gebäuden, in dem André vergangene Nacht auf so mysteriöse Weise verschwunden war. Obwohl Axel noch nie unter Platzangst gelitten hatte, überkam ihn ein mulmiges Gefühl. Es war wie in einer riesigen Presse, die sich jederzeit auch ganz schließen und ihn erdrücken konnte.

Unter seinen Schuhen knirschte herabgefallenes Mauerwerk und Verputz. Außer seinem Atem war dies das einzige Geräusch, das er hörte. In diesem Gang fühlte sich Axel wie in einer anderen Welt.

Nach ungefähr zwanzig Schritten machte der Gang einen scharfen Knick nach rechts. Eine steile Treppe führte nach oben, die aber noch viel schmaler als der Gang zwar. Mit den Schultern streifte Axel bereits die Wände. Um voranzukommen, hielt er sich leicht schräg.

Am Ende der Treppe begann ein weiterer Gang,

von dem nach wenigen Metern zwei Seitengänge wegführten. Alle genauso eng wie der erste.

Im Gehen kam Axel eine Idee: Es war ihm aufgefallen, dass die Mauern der Internatsgebäude besonders dick waren. Erkennen konnte man das an den tiefen Türnischen. Befand er sich hier in Gängen, die sich durch die Mauern zogen? Falls es so war, wieso hatte man sie angelegt?

Links machte er eine rechteckige Öffnung in der Wand aus. Sie war nicht größer als ein Ziegelstein und dunkel. Er leuchtete hinein und entdeckte eine Art Griff. Vorsichtig nahm er ihn und zog daran. Der Backstein ließ sich unter leisem Knirschen entfernen. Axel beugte sich vor und spähte durch das entstandene Loch.

GEISTERHEULEN

Das Abendessen im Speisesaal ging zu Ende, ohne dass Axel sich hatte blicken lassen. Während Lieselotte so tat, als wäre es ihr egal, wechselten Poppi und Dominik besorgte Blicke.

Doktor Laudansky fing die drei ab, als sie den Saal verlassen wollten. „Kommt alle mit in mein Büro“, sagte er.

Kaum hatte er die Tür hinter sich geschlossen, musterte er die drei fragend. „Ich sagte, ihr sollt *alle* mitkommen. Wo ist Axel?“

Lilo zuckte mit den Schultern. „Das wüssten wir selbst gern. Er scheint wieder einen Anfall von ‚Ich bin der Beste und mache alles im Alleingang‘ zu haben.“

„Sobald ihr ihn seht, schickt ihn zu mir“, trug

ihnen der Lehrer auf. „Und, was habt ihr mir sonst zu berichten?“

Dominik erzählte, was er über die beiden Geister herausgefunden hatte.

Ungläubig verzog Doktor Laudansky das Gesicht. „Du willst mir jetzt nicht sagen, dass die Geister dieser Kinder zurückgekehrt sind. Warum sollten sie das nach hundert Jahren tun?“

Die Knickerbocker schwiegen, weil sie selbst keine Erklärung dafür hatten. Lilo beschloss, dem Lehrer erst dann wieder Bericht zu erstatten, wenn sie Genaueres wussten. Eine Frage wollte sie ihm aber noch stellen.

„Wie lange sind Sie eigentlich schon hier an der Schule und im Internat?“

„Ha!“ Herr Laudansky lachte und seine eisblauen Augen blitzten kurz auf. „Es sind dieses Jahr genau einundvierzig Jahre.“

„Dann müssen Sie gekommen sein, als Daniel Lammer verschwand“, sagte Dominik aufgeregt.

„Daniel Lammer?“ Die weißen Augenbrauen schoben sich überrascht zusammen. „Moment. Ich erinnere mich. Das ist doch diese Geschichte von dem Jungen, der spurlos verschwand.“

Dominik nickte heftig. „Was wissen Sie darüber?“

Doktor Laudansky machte ein ratloses Gesicht.

„Nicht mehr viel. Ich habe den Vorfall wohl ziemlich verdrängt. Es war damals wirklich schrecklich, weil einige Eltern ihre Kinder aus dem Internat nahmen. Es galt als nicht mehr sicher und kam in schwere Geldnöte. Man entließ viele Erzieher, denn irgendeinen Sündenbock brauchte man. Ach ja, der Direktor von damals musste auch gehen. Sein Nachfolger war der junge Möbius. Ihm ist es gelungen, das Internat wieder auf Vordermann zu bringen. Zuerst einmal hat er zahlreiche Umbauten vorgenommen, Kellerräume trockengelegt, Wände verschoben." Doktor Laudansky stutzte und zwirbelte die Spitzen seines weißen Schnauzers. „Ich habe mich damals oft gefragt, wozu einige der Umbauten überhaupt nötig waren. Vor allem in den Kellern."

„Heute ist das Internat doch recht erfolgreich, oder?", fragte Dominik.

„Absolut. Eulenturm genießt einen guten Ruf und Doktor Möbius wird nun sogar die höchste staatliche Auszeichnung für seine jahrelange Arbeit verliehen. Das goldene Verdienstkreuz. Ein Orden der ersten Klasse."

Um weiteren Fragen auszuweichen, verabschiedeten sich die Knickerbocker.

Während sie zum Hauptflur zurückkehrten, sahen Poppi und Dominik Lilo fragend von der Seite an. Wie sollte es weitergehen?

„Was sind das für Geister?“, überlegte Lieselotte halblaut. „Obwohl ich zugeben muss, dass ich langsam selbst an Spuk glaube, denke ich trotzdem, dass etwas ganz anderes dahinter steckt. Wenn wir herausfinden, wieso diese Gruselgestalten auftauchen können, haben wir auch die Antworten auf alle anderen Fragen.“

„Und was sollen wir tun?“, wollte Poppi wissen.

„Heute Nacht Augen und Ohren offen halten. Dominik, du bei den Jungen und wir im Mädchentrakt.“

„Und Axel?“, begann Dominik erneut vorsichtig.

„Wenn er will, kann er mitmachen“, sagte Lilo kurz. Die beiden Mädchen verabschiedeten sich und wünschten Dominik eine gute Nacht.

Unruhig lief Dominik im Zimmer der Jungen auf und ab. Immer wieder warf er einen Blick in den Garten hinunter, dann wieder hinaus auf den Gang.

Axel kam nicht und das beunruhigte Dominik sehr. Er hatte ein ungutes Gefühl und spürte, dass etwas nicht stimmte. Wenn Lieselotte nur nicht so auf stur schalten würde!

Die nächste Hürde war Herr Roth, der pünktlich

um zehn Uhr kommen und nachsehen würde, ob das Licht ausgeschaltet war. Bekam er mit, dass Axel nicht im Zimmer war, würde es jede Menge Ärger geben.

Dominik kämpfte mit sich. Sollte er dem Erzieher etwas sagen? Falls Axel aber auf eigene Faust ermittelte und vielleicht auf einer heißen Spur war, würde er schrecklich wütend werden und Dominik beschimpfen.

Schließlich fasste der Knickerbocker einen Plan. Als Herr Roth seinen Kopf ins Zimmer steckte, war das Licht bereits ausgeknipst. Unter den Decken lagen zwei Jungen, die tief und fest schliefen.

„Von der Sorte hätte ich gerne mehr", hörte Dominik den Lehrer murmeln.

Echt war nur Dominik. Axels Körper war aus Kissen und Kleidungsstücken unter der Bettdecke geformt.

Damit hatte Dominik Axel wieder ein bisschen Zeit verschafft. Erst am nächsten Tag in der Schule würde auffallen, dass er nicht da war. Natürlich war Dominik überzeugt, dass sein Freund bis dahin längst zurück sein und ihn mit aufregenden Neuigkeiten überraschen würde.

So lag Dominik auf dem Rücken im Bett, die Arme hinter dem Kopf verschränkt, und starrte zur

Tür, als könne er sie dazu bringen aufzugehen und Axel hereinzulassen.

Doch die Tür blieb geschlossen.

Irgendwann musste Dominik eingeschlafen sein. Als er wieder aufwachte, war es noch immer dunkel. Sein Herz raste und er schwitzte. Hatte er einen Albtraum gehabt, oder war etwas anderes geschehen? Verschlafen sah er sich im Zimmer um. Aus dem Dunkelgrau der Nacht ragten die Stühle und Schränke wie gespenstische Wesen.

Vom Gang kamen Geräusche. Draußen lief jemand herum. Er hörte einen Hilferuf. Sofort war Dominik auf den Beinen und riss die Tür auf.

Im trüben Schein der Nachtlampen liefen ein

paar kleinere Jungen herum. Einen von ihnen kannte Dominik bereits: Es war Alfried, der Bettnässer. Mit einer Hand hielt er die weite Schlafanzughose und hinderte sie so am Rutschen. Mit der anderen ruderte er durch die Luft und gab dabei ein klägliches Fiepen von sich.

„Geister! Sie heulen … sie schreien!“, winselte Alfried.

„Haltet die Klappe und verzieht euch wieder!“, rief ihnen ein größerer Junge zu.

Herr Roth kam um die Ecke und war damit beschäftigt, den Gürtel seines Morgenmantels festzubinden. Die bunte Brille hing schief auf seiner Nase, sein Haar stand nach allen Seiten ab.

„In unserem Zimmer! Wir gehen nicht mehr hinein“, jammerte Alfried. „Da ist ein Geist, er kratzt und heult.“

„Aber, aber!“ Herr Roth nahm den Jungen an der Schulter und dirigierte ihn behutsam zurück zu seinem Zimmer. „Du hast bestimmt nur schlecht geträumt.“

„Nein, nein, er hat nicht schlecht geträumt. Wir haben es alle gehört!“, erzählten auch die anderen aufgeregt.

Aus Neugier folgte Dominik der Gruppe bis zu dem Vierbettzimmer. Der Lehrer wollte die Jungen hineinschieben, doch Alfried entwand sich seinem Griff und schüttelte energisch den Kopf. Also betrat Herr Roth das Zimmer allein und sah sich darin um.

Durch die Tür sah Dominik zerwühlte Betten und Kuscheltiere.

Nachdem Herr Roth das Zimmer gründlich durchsucht hatte, trat er wieder vor die Jungen. „Es ist alles in bester Ordnung. Ihr könnt mir vertrauen. Falls ihr etwas gehört habt, so kann das nur ein dummer Streich eurer Kameraden gewesen sein."

„Kein Streich … es war … so schrecklich", wimmerte Alfried kläglich.

„Na gut, dann werde ich bei euch schlafen", bot der Lehrer an. „Und falls sich der Geist wieder melden sollte, dann bekommt er es mit mir zu tun."

Die Jungen nahmen das Angebot dankbar an.

Es war nach Mitternacht, und noch immer war Axels Bett leer. Dominik wusste jetzt, dass seinem Freund etwas zugestoßen sein musste. Er schlüpfte in Hose und Jacke und macht sich auf den Weg zu den Mädchen.

Ein schrecklicher Fund

Er ahnte es jetzt. Er wusste sogar, wo er sich befand. Axel verstand die Funktion des engen Ganges. Heute wurde er aber bestimmt nicht mehr dafür benutzt. Auf jeden Fall war er aber die Erklärung für einiges, wenn auch nicht für alles.

Getrieben vom Wunsch, noch mehr herauszufinden, drang der Knickerbocker immer tiefer in die Gänge vor. Sie zogen sich durch zahlreiche Mauern wie ein Labyrinth, hatten viele Sackgassen und noch mehr kleine Treppen, die von den Hauptwegen weggingen.

Immer mehr konnte sich Axel zusammenreimen. Immer klarer wurde ihm, was im Internat geschah. In einem quadratischen, höchstens drei mal drei Meter großen Raum entdeckte er unter einer Plastikplane ein Gerät, das auf den ersten Blick aussah wie eine übergroße Videokamera. Da sich Axel mit Geräten dieser Art auskannte, fand er schnell den Einschaltknopf. Er knipste es an und sah ein Licht auf einem kleinen Bildschirm an der Seite aufleuchten. Die Silhouette einer Jungengestalt wurde erkennbar. Es dauerte einige Sekunden, dann aber war Axel sicher, den Geisterjungen auf dem Bildschirm zu sehen.

Trotzdem war das Gerät in seinen Händen keine Kamera. Da war er sicher. Das Objektiv vorn erinnerte ihn mehr an den Dia-Projektionsapparat seines Vaters. Axel versuchte verschiedene Knöpfe, drückte hier und dort, doch ohne Erfolg. Er schaffte es nur, den kleinen Bildschirm abzuschalten.

Völlig unerwartet, als er gar nichts tat, schoss ein Blitz vorn aus dem Objektiv. Ein greller Lichtpunkt bildete sich auf dem Boden. Axel erschrak heftig und um ein Haar hätte er das Gerät fallen gelassen.

Zu seinen Füßen war kein Punkt, sondern ein unregelmäßiger Fleck. Als er die Kamera langsam anhob und das Objektiv nach oben richtete, schien der Fleck zu wachsen.

Der Knickerbocker öffnete den Mund und zog staunend die Luft ein.

Auf der anderen Seite des Raumes stand der Geisterjunge in Kniebundhosen und Rüschenhemd und grinste ihn breit an. Die tief liegenden Augen glotzten dunkel. Es war die gleiche nebelige Gestalt, die Dominik und Axel in Herrn Roths Zimmer gesehen hatten.

„Ein Projektor für Hologramme", stellte Axel staunend fest. Er hatte schon über solche Geräte gelesen und Berichte darüber im Fernsehen gesehen. Als er den Knopf drückte, den er als letzten betätigt hatte, begann sich der Geisterjunge sogar zu bewegen, hob die Hand, als wolle er ihm winken, und zwinkerte.

Das reichte. Axel schaltete den Projektor ab und stellte ihn vorsichtig wieder auf den Boden. Vor Aufregung keuchte er. Sein Herz schlug ihm bis zum Hals. Trotz der Kühle zwischen den Mauern war ihm auf einmal heiß. Schweiß trat ihm auf die Stirn. Außerdem knurrte sein Magen. Er brauchte ganz dringend etwas zu essen, und da ohnehin Abendessenszeit war, beschloss er, die Gänge wieder zu verlassen.

Lilo würde den Mund vor Staunen nicht mehr zukriegen, wenn er von seinen Entdeckungen berichtete.

Schlauerweise hatte Axel an allen Abzweigungen mit Hilfe eines Ziegelsplitters ein K in die Wand geritzt. Auf diese Weise fand er den Weg zurück zum Zimmer von Benno und André.

Weit konnte es nicht mehr sein. Noch zwei- oder dreimal abbiegen, dann hatte er es geschafft.

Auf einmal aber stand er vor einem Abgang, der ihm vorhin, als er zum ersten Mal an der Stelle vorbeigekommen war, nicht aufgefallen war. Eine Treppe führte steil nach unten. Wenn sich Axel nicht täuschte, musste sie im Keller enden. Hunger und Schreck waren vergessen, seine Neugier war wieder größer. Er stieg einzeln jede der Stufen in die Tiefe.

Am Ende der Treppe lag ein kleiner Raum, der bestimmt nicht größer als eine Toilette war. Deutlich war noch der Rahmen einer Tür zu erkennen, die aber zugemauert worden war.

Axel ließ den Lichtkreis der Taschenlampe über den Boden gleiten.

Erschrocken zog er die Luft ein. Was er sah, übertraf alle Entdeckungen des Nachmittags. Sein Herz raste, Schweiß trat ihm aus allen Poren. Er taumelte zurück, bis er den Stein der Stufen spürte und sich am Türrahmen abstützen konnte. Obwohl der Anblick so schrecklich war, musste er noch einmal in die Ecke leuchten.

Nein, er hatte sich nicht getäuscht, obwohl er das

gehofft hatte. Axel spürte, wie ein Zittern durch seinen Körper ging. Er konnte die Taschenlampe nicht mehr ruhig halten und hatte seine Beine kaum noch unter Kontrolle. Den Blick auf den Fund in der Ecke gerichtet, versuchte er sich rückwärts nach oben zu bewegen. Der Stein kratzte über seine Hose, etwas Scharfes stach in seine Hand, er glitt einmal ab und rutschte wieder eine Stufe nach unten, landete hart auf dem Steißbein und spürte einen stechenden Schmerz, der sich durch seinen ganzen Rücken bohrte.

Doch das zählte alles nicht. Er musste fort. Er hatte nur noch einen Gedanken: Raus aus dem Gang!

Selten zuvor hatte er sich so allein gefühlt. Die Angst umklammerte ihn wie eine eiskalte Hand. Wären doch seine Knickerbocker-Freunde jetzt bei ihm! Es wäre alles viel leichter und weniger schrecklich. Doch Lilo, Poppi und Dominik ahnten nicht, wo er sich befand. Wenn ihm etwas zustieß, würden sie ihn nicht einmal finden.

Nein, ihm stieß nichts zu. Er würde heil aus dem Gang entkommen. Er war schon nahe am Ziel und selbst das Durchqueren von Andrés und Bennos Zimmer erschien ihm jetzt so einfach wie ein Spaziergang.

Endlich hatte er das obere Ende der Treppe erreicht. Der grausige Fund war aus seinem Blickfeld verschwunden. Noch immer aber bebte er am ganzen Körper. Sein Unterkiefer klapperte. Axel war auf einmal verwirrt, drehte sich im Kreis und hatte keine Ahnung mehr, in welche Richtung er gehen musste.

Blindlings stolperte er weiter. Die geritzten Ks in der Wand schien er vergessen zu haben. Der Schock hatte seine Gedanken gelähmt und er bewegte sich wie ein Roboter vorwärts.

Mit einer Hand stützte er sich an den feuchten, kalten Mauern ab, nahm die nächste Möglichkeit nach rechts, weil er dachte, durch diesen Gang das Zimmer zu erreichen. Völlig unerwartet endete der Gang. Doch nicht an einer Mauer. Axel verlor den Boden unter den Füßen und stürzte in die Dunkelheit. Alles ging so schnell, dass er nicht einmal mehr schreien konnte. Das Letzte, was er mitbekam, war ein harter Aufprall und ein Schmerz, der ihn wie ein schwarzer Blitz in die Ohnmacht beförderte.

Irgendwann hob sich die Besinnungslosigkeit, die sich wie ein Vorhang über ihn gelegt hatte. Axel brauchte lange, bis er begriff, wo er war und wieso er auf einem sandigen, nassen Boden lag.

Seine Arme spürte er. Eine Hand befand sich un-

ter dem Kopf, die andere unter dem Rücken. Als er sie herausziehen wollte, war da wieder dieser höllische Schmerz. Nur Zentimeter für Zentimeter schaffte er es, die Hand zur Seite zu bewegen, bis sie endlich frei war.

Die Taschenlampe lag irgendwo seitlich und brannte noch immer. Der Lichtschein stand wie eine hohe, blasse Flamme an der Mauer.

Axel lag auf dem Rücken und hoch über sich

konnte er die Kante ausmachen, an der der Tunnel endete.

Nach mehreren Versuchen schaffte er es, auch die andere Hand zu befreien. Mit verdrehten Beinen lag er nun da, unfähig sich aufzurichten, weil ihm jede kleinste Bewegung einen Stich versetzte, der ihm den Atem raubte.

Wie lange würde die Taschenlampe noch leuchten? Wie kam er aus dieser Fallgrube, in die er getappt war? Würde er so enden wie das Skelett, das er vorhin im zugemauerten Gang gesehen hatte?

„Niemand wird mich finden. Keiner weiß, dass ich hier bin. Ich hätte es meinen Freunden sagen sollen“, schluchzte Axel leise. Tränen rannen ihm über das Gesicht. Er holte tief Luft und gab einen verzweifelten Schrei von sich. Es folgte ein zweiter und dritter. Der Schall kroch durch die Tunnel wie ein Wurm, der immer dünner wurde. Aus den vergitterten Öffnungen in den Wänden mancher Zimmer klangen seine Schreie wie unheimliches Wimmern und Heulen.

Es waren diese Geräusche, die Alfried und die anderen aufgeschreckt hatten. Da Axel aber keine Kraft mehr hatte, um weiter zu rufen, blieb es für den Rest der Nacht still.

Dominik hatte auch keinen Erfolg. Auf dem Weg in den Mädchentrakt wurde er ausgerechnet von Direktor Möbius aufgehalten. Der Leiter des Internates schickte ihn sofort in sein Zimmer zurück. Als Dominik erzählte, dass Axel verschwunden sei, kostete das den Direktor nur ein hustendes Lachen.

„Verschwunden? Aus diesem Internat verschwinden jede Nacht mehrere Leute."

Mit großen, ungläubigen Augen starrte Dominik den Direktor an. „Das sagen Sie einfach so?"

„Sie stehlen sich heimlich davon und schleichen in die Stadt, wo sie sich die Nacht in Discos um die Ohren schlagen. Wir dürften kein Auge zutun und müssten jeden Ausgang und jedes Fenster bewachen, um sie zu ertappen. Aber dafür ist mir mein Schlaf und der meiner Lehrer zu kostbar."

„Aber Axel ist nicht in der Disco. Er muss aus einem anderen Grund fort sein", beharrte Dominik.

„Wir sprechen morgen darüber. Komm nach dem Frühstück in mein Büro." Mit diesen Worten drehte Direktor Möbius den widerstrebenden Dominik an den Schultern um und versetzte ihm einen Stoß in Richtung Jungentrakt. Nach einem tiefen Seufzer setzte sich Dominik in Bewegung. Verzweifelt ließ er sich im Zimmer auf das Bett fallen.

Was sollte er nur tun?

LILO TRIFFT INS SCHWARZE

Müde und mit dunklen Schatten unter den Augen kam Dominik zum Frühstück. Lilo und Poppi erwarteten ihn schon aufgeregt.

„Unglaubliche Neuigkeiten“, flüsterten sie ihm zu. „Wir treffen uns gleich nach dem Frühstück in Laudanskys Arbeitszimmer.“

„Axel ist verschwunden!“, berichtete Dominik leise. „Es ist ihm etwas zugestoßen. Das spüre ich. Wir müssen etwas unternehmen.“

Diesmal machte auch Lilo ein besorgtes Gesicht.

„Noch nicht zurück? Das sieht ihm nicht ähnlich. Ich dachte zuerst, er versucht uns zu ärgern. Doch da steckt etwas anderes dahinter.“

Sie hob den Kopf, als Luisa an ihnen vorbeirauschte. Poppi sah, wie sie die Fäuste geballt hatte und vor Zorn am ganzen Körper bebte. Mit einer wütenden Bewegung schleuderte sie ihr langes dunkles Haar über die Schulter.

Nachdem sie sich Tee und Toast geholt hatte, knallte sie ihr Tablett auf einen Tisch, schob den Stuhl lautstark über den Boden, ließ sich darauf fallen und gab allen zu verstehen, dass sie besonders schlechte Laune hatte.

Tamara eilte diensteifrig zu ihr, holte sich aber nur eine schroffe Abfuhr. Lieselotte beobachtete, wie Luisa immer wieder heimlich unter dem Tisch eine Taste ihres Handys drückte. Es konnte nur die Wiederwahl sein. Es schien sich aber niemand zu melden, denn Luisa gab nach jedem Versuch ein wütendes Schnauben von sich.

„Poppi, hast du Angst vor diesem bissigen Dackel?“, fragte Lilo ihre Freundin leise und deutete mit dem Kopf auf Luisa.

„Um was geht es?“

„Ihr Handy! Ich will wissen, wen sie anzurufen versucht.“

Poppi überlegte kurz und hatte dann eine Idee. Dominik und Lilo staunten nicht schlecht, als sie unter den Tisch rutschte und auf allen vieren herumkrabbelte, als würde sie einen kleinen Gegenstand auf dem Boden suchen. Dabei kam sie auch unter den Tisch, an dem Luisa saß, und als das Mädchen wieder das Handy nahm, stieß Poppi kräftig mit dem Kopf gegen ihre Hand.

Erschrocken und erbost fuhr Luisa in die Höhe. Das Handy polterte zu Boden, wo Poppi ihm einen Stoß versetzte, der es quer über das Parkett in Lieselottes Richtung rutschen ließ. Lilo hob es auf und drückte die Wiederholungstaste.

André erschien auf der Anzeige.

Was hatte Luisa mit ihm zu tun? Wieso meldete er sich nicht? Warum war er nicht zum Frühstück erschienen? Lieselotte konnte weder ihn noch diesen Benno entdecken.

„Gib das her!“ Wütend entriss ihr Luisa das Handy und schleuderte ihr einen giftigen Blick zu.

„Dominik, renn in den Trakt der großen Jungen und sieh nach, wo André und Benno bleiben“, trug Lilo ihrem Knickerbocker-Freund auf.

Wenige Minuten später war er wieder zurück. Völlig außer Atem, weil er normalerweise nie so schnell rannte, berichtete er: „Die Zimmertür ist nicht abgeschlossen, aber die beiden sind fort. Ihre Betten sind unberührt. Die haben dort nicht geschlafen.“

„Axel verschwunden. Benno und André fort“, murmelte Lieselotte nachdenklich.

Wutschnaubend verließ Luisa den Speisesaal. Lilo lief ihr hinterher und rief: „Bleib stehen, ich muss mit dir reden!“

Ohne sich umzudrehen sagte Luisa: „Ich rede nicht mit so etwas wie dir.“

„Auch nicht, wenn ich dir sage, dass ich weiß, wo dein André steckt?“

Dieser Köder wirkte sofort. Luisa biss an und drehte sich mit einem Ruck um.

„*Du* weißt das? Was willst du von ihm? Dieser Dreckskerl! Rede schon, wo hat er sich verkrochen? Hinter wem ist er her?“

„Komm besser dort rein!“ Lieselotte deutete auf das Arbeitszimmer von Doktor Laudansky. Zuerst sah Luisa sie an, als sei Lilo verrückt geworden. Dann aber folgte sie ihr widerstrebend.

Kaum war die Tür hinter den beiden wieder zugegangen, ließ Lilo die Bombe platzen. „Dein André ist verschwunden. Genauso wie mein Freund Axel. Und ich werde das Gefühl nicht los, dass es da einen Zusammenhang gibt.“

Erschrocken drehten sich die Mädchen um, als die Tür aufgerissen wurde. Es waren aber nur Dominik und Poppi.

„Raus mit dem Gemüse!“, verlangte Luisa.

„Die beiden bleiben. Wir gehören zusammen.

Näheres darf ich dir aber noch nicht verraten", sagte Lilo bestimmt.

Zuerst sah es aus, als wolle Luisa sofort abrauschen. Dann aber blieb sie doch.

„André und ich ... wir gehen miteinander ... schon seit fast einem Jahr."

„Das interessiert mich nicht", unterbrach sie Lieselotte. Luisa wirkte enttäuscht. Sie hatte Lilo wohl damit beeindrucken wollen, dass sie einen viel älteren Freund hatte. „André und sein Zimmerkamerad Benno wissen etwas, was sonst keiner weiß. Sie treiben hier ihre Scherze. Und du bist informiert."

Luisa guckte sehr erstaunt. „Wie hast du das herausgefunden? Was bist du? Ein Kriminalpolizist in Mädchenkleidern?"

„So etwas Ähnliches", antwortete Lilo knapp.

„Ach, ich glaube dir kein Wort. Lass mich in Frieden!" Sie drehte sich um und wollte das Zimmer verlassen. Auf ein Zeichen von Lilo verstellten ihr Dominik und Poppi den Weg.

„Was soll der Quatsch, lasst mich raus!", verlangte Luisa.

„Dieses seltsame Theater mit dem Geist von Lore May veranstaltest du gemeinsam mit André, oder?", warf Lilo ihr an den Kopf.

„Ich sage kein Wort", zischte Luisa.

„Es kann sich nur um einen technischen Trick handeln", fuhr Lilo fort.

Poppi fiel ein, was sie am Vortag auf dem Gang aufgeschnappt hatte. „Andrés Vater besitzt eine Firma, die Anlagen für Rummelplätze baut. Achter- und auch Geisterbahnen."

„Dann sitzt er ja an der Quelle", sagte Lilo zufrieden. „Schlauer Plan: Er sorgt für den Spuk und Luisa macht dazu das entsprechende Theater. Und die Mädchen zahlen ein Vermögen, weil sie auf diese Weise die Aufgaben von Klassenarbeiten bekommen. Zwei Dinge würden mich jetzt brennend interessieren: Wieso konnte das Geld vom Podest verschwinden und woher habt ihr die Texte der Klassenarbeiten?"

Luisa wirbelte herum und zeigte mit dem ausgestreckten Finger auf Lilo. „Du lügst. Was du da redest, ist ausgemachter Unsinn. Du hast keinen Beweis. Und von mir hörst du kein Wort mehr."

Lieselotte tat, als hätte Luisa nichts gesagt. Nachdenklich schritt sie auf und ab, zwirbelte dabei ihre Nasenspitze und erklärte langsam und deutlich: „Es gibt nur eine Erklärung dafür, dass der Spuk an verschiedenen Stellen im Internat aufgetreten ist: Entweder es wurden mehrere dieser Geräte montiert, die die Geister erzeugen, oder aber es ist möglich, sich durch geheime Gänge zu bewegen und durch Gucklöcher in die Zimmer zu sehen." Sie schnippte heftig, nachdem sie das gesagt hatte. „Natürlich, das ist die Erklärung: geheime Gänge hinter den Duschräumen und Zimmern. Durch so einen ist jemand zu der Büste gegangen. Eine versteckte Öffnung befindet sich dort sicher in der Wand. Man greift durch, schnappt das Geld und ist fort. Keiner kann etwas beobachten. Keiner kann etwas bezeugen. Niemand weiß, wohin das Geld verschwunden ist. Durch diese Gänge gelangt man auch zu den Räumen, in denen die Geister auftauchen sollen. Und vor allem zu den Arbeitszimmern der Lehrer, aus denen man sich die Texte und Aufgaben der Klassenarbeiten besorgt."

Es war Luisas entsetzter Miene anzusehen, dass Lilo ins Schwarze getroffen hatte.

„Aber warum verschwinden Axel, André und Benno auf einmal?", überlegte Lilo laut. „Und wo könnten wir sie suchen?"

Zur gleichen Zeit war Axel wieder aufgewacht. Er hatte quälenden Durst. Seine Zunge klebte am Gaumen. Der Schmerz im Rücken meldete sich bei der kleinsten Bewegung. Axel hatte keine Chance, auf die Beine zu kommen.

Die Batterien der Taschenlampen hatten bewiesen, dass sie hielten, was die Werbung versprach. Die ganze Nacht hatte die Lampe geleuchtet. Nun aber wurde der Schein immer schwächer, bis er schließlich erlosch.

Die Dunkelheit erschien ihm bedrohlich. Ständig wanderten seine Augen hin und her, ohne etwas erkennen zu können. Er fühlte sich vergessen, verlassen und rettungslos verloren.

Erneut nickte er kurz ein, wurde aber schnell wieder wach. Vielleicht war es auch nicht so schnell gewesen. Er konnte es nicht sagen.

Geweckt hatte ihn ein Geräusch. Es war ein abgehacktes Knirschen, als würde jemand eine Truhe über sandigen Boden ziehen.

Das Knirschen kam näher. Axel versuchte Luft zu holen und zu rufen, brachte aber nur einen jämmerlichen leisen Ton heraus.

Der Strahl einer Taschenlampe streifte ihn. Jemand kam direkt in den Gang, in dem er lag. Neue Hoffnung keimte in Axel auf. Er sah eine stämmige Gestalt, die schwer zu schleppen schien.

Oben gab es einen angestrengten Laut. Ein schwerer Körper stürzte herab und schlug knapp neben Axels Beinen auf. Der Lichtkreis der Taschenlampe fiel kurz auf ihn.

Es war Benno. Die Hände waren auf dem Rücken gefesselt. Auch seine Beine waren an den Knöcheln zusammengebunden. Ein Tuch war als Knebel fest um den Mund gebunden. Ob er überhaupt noch lebte, konnte Axel nicht feststellen. Regungslos lag der dicke Junge neben ihm.

Oben entfernten sich Schritte.

Später – wie viel Zeit vergangen war, wusste Axel nicht – kam der Unbekannte zurück. Eine zweite Person wurde in die Fallgrube gestoßen. Es war André, gefesselt und geknebelt und ebenfalls ohne Bewusstsein.

Diesmal verschwand der Unbekannte und kam nicht noch einmal zurück.

GEHEIMNIS IM KELLER

Doktor Laudansky hörte sich fassungslos an, was ihm Lieselotte in Luisas Gegenwart erzählte.

„Was hast du dazu zu sagen?“, wollte er von Luisa wissen. Diese presste die Lippen trotzig zusammen und schüttelte den Kopf. Von ihr würde er nichts erfahren.

„Das ist alles unglaublich“, staunte der grauhaarige Mann, den Lilo zum ersten Mal aufgelöst erlebte. Er griff zum Telefon und wählte eine Nummer. Nach kurzem Warten legte er wieder auf.

„Wen wollten Sie anrufen?“, fragte Lilo.

„Möbius. Er muss die Polizei verständigen!“

„Haben Sie schon einmal von Gängen gehört, die an den Zimmern vorbeiführen? Ich meine, von Geheimgängen?“, forschte Lilo weiter.

„Ja und nein", lautete Laudanskys Antwort. „Als ich damals ins Internat kam, hat ein alter Lehrer einmal davon gesprochen. Diese Gänge sind bei der Erbauung des Hauses eingeplant worden, um die Schüler unauffällig beobachten zu können. Allerdings waren sie in den neueren Gebäuden nicht vorhanden. Ein Gang ist dann auch eingestürzt, worauf alle anderen gesperrt wurden. Sie sollen alle zugemauert worden sein."

„Offenbar nicht!", sagte Lilo.

Beim zweiten Versuch hatte Laudansky mehr Glück. Möbius meldete sich und sagte zu, gleich bei Laudansky vorbeizukommen. Als er ein paar Minuten später das Zimmer betrat, wirkte er völlig erschöpft. Sein Gesicht war hochrot, sein Hemdkragen nass geschwitzt. Geduldig hörte er sich Lilos Bericht an.

„Sie müssen die Polizei alarmieren", verlangte Laudansky.

Möbius starrte ihn lange an. Lilo beobachtete, wie eine Ader an seiner Schläfe heftig pulsierte. Sehnen zuckten an seinem Hals, als stünde er unter Hochspannung.

Der Direktor des Internats kehrte Dominik und Poppi, die links und rechts von der Tür standen, den Rücken zu. Sein Blick war rastlos. Er schien weder dem Lehrer noch Lilo oder Luisa in die Augen sehen zu können.

Angst beschlich Lieselotte. Mit dem Direktor stimmte etwas nicht.

„Keine Polizei“, sagte er mit einer fremden, gepressten Stimme. „Ganz sicher nicht. Denken Sie an den Ruf unseres Hauses. Wir müssen die Angelegenheit selbst regeln.“

Laudansky zog fragend die Brauen hoch.

„Es sind drei Schüler verschwunden. Eine Suchaktion muss sofort eingeleitet werden!“

„Nein, nein, wir finden sie schon. Wir müssen nur gut suchen.“ Möbius rann der Schweiß in Strömen über das Gesicht.

Auch Luisa schien bemerkt zu haben, dass etwas nicht stimmte.

„Ich will gehen!“, meldete sie sich und stand auf.

„Hinsetzen!“, befahl der Direktor scharf.

„Herr Möbius“, schaltete sich Laudansky ein. „Fehlt Ihnen etwas?“

Möbius riss sich mit dem Finger den Kragen auf, weil er kaum noch Luft bekam. Seine Augen quollen aus den Höhlen. Auf einmal hielt er eine Pistole in der Hand. Lilo, Luisa und Laudansky gaben einen erschrockenen Laut von sich und hoben reflexartig die Hände.

„Nein! Auf keinen Fall! Nach all den Jahren lasse ich mich nicht ruinieren!“, keuchte der Direktor. „So lange habe ich es geheim halten können. Es wird auch geheim bleiben. Keiner verrät es. Keiner verhindert meine Auszeichnung. Die einzige Belohnung dafür, dass ich mein Leben an diesem stinkenden, elenden Ort verbracht habe.“

Laudansky öffnete den Mund, um etwas zu sagen, aber Möbius richtete den Lauf der Pistole auf ihn und befahl: „Halten Sie das Maul. Sie sind mir schon lange auf die Nerven gegangen.“

Lilo überlegte fieberhaft, was sie unternehmen könnte, kam aber zu keinem Entschluss.

„Ihr werdet jetzt alle drei aufstehen und mir folgen. Und wenn nur einer von euch versucht wegzulaufen oder jemanden auf uns aufmerksam zu machen, dann …“, er riss Luisa am Handgelenk zu sich, „dann muss die Kleine dran glauben. Eine widerliche Hexe, dieses Miststück.“

Luisa brachte vor Schreck nur ein leises Wimmern heraus.

„Also, mitkommen! Und keine faulen Tricks!“

Es blieb Lilo und dem Lehrer nichts anderes übrig, als dem Befehl zu folgen.

Luisa wurde zu ihnen gestoßen und von ihnen aufgefangen. Lieselotte nahm sie an der Hand und raunte ihr zu: „Bleib ruhig. Sonst dreht der Typ völlig durch."

Gemeinsam verließen sie das Arbeitszimmer Laudanskys. Die Gänge waren menschenleer, da der Unterricht bereits begonnen hatte. Möbius dirigierte sie zu seinem Büro. Dort gab es noch einen Einstieg in die geheimen Gänge, der damals nicht zugemauert worden war. Absichtlich hatte Möbius ihn nicht ganz verschließen lassen. Er benutzte ihn als Zugang zu der Stelle, an der die Gebeine des verschwundenen Schülers lagen. Jedes Jahr, an dem Tag, an dem das schreckliche Unglück geschehen war, legte er einen Blumenstrauß bei ihm nieder und zündete eine Kerze an. Schon seit vierzig Jahren. Er hatte alles daran gesetzt, dieses entsetzliche Geheimnis zu verbergen, und beschlossen, wenn er endgültig in den Ruhestand trat, auch diesen Zugang zumauern zu lassen.

Doch dann hatte André den Zugang im Schlafraum der Jungen entdeckt und geöffnet. Der Spuk mit den Hologrammen und den Bildern der im See ertrunkenen Schüler war harmlos. Aber André hatte Möbius beobachtet, als dieser Blumen zu der letzten Ruhestätte des verschwundenen Schülers brachte. Und danach hatte er ihn erpresst.

Möbius hatte lange gebraucht, um herauszufinden, wer die Erpresser waren. Als er sicher war, fasste er einen teuflischen Plan. Er bestellte sie in sein Büro und betäubte sie dort. Danach brachte er sie zu der Fallgrube in den alten Gängen. Dort sollten sie für immer verschwinden. Gefunden würden sie bestimmt erst in vielen Jahren, wenn Möbius nicht mehr lebte.

Vor einundvierzig Jahren hatte sich der entsetzliche Zwischenfall ereignet. Möbius, damals jung und sehr ehrgeizig, hatte Daniel in das „Verlies" gesperrt. Der Junge musste panische Angst vor dem Alleinsein und der Dunkelheit gehabt haben, denn er wehrte sich mit Händen und Füßen. Möbius war grob zu ihm, stieß ihn in den dunklen Raum und hörte, wie er stürzte. Danach kam kein Geräusch mehr von dem Jungen.

Daniel war mit dem Kopf unglücklich gegen die Wand gefallen und gestorben. Möbius wusste, dass dieser Unfall das Ende seiner Karriere als Lehrer bedeutete. So fasste er den Plan, den toten Daniel in einem der schon lange nicht mehr benutzten Überwachungsgänge zu verstecken. Und er schaffte es, glaubhaft vorzutäuschen, der Junge sei aus dem versperrten Raum verschwunden.

Als er selbst Direktor des Internats war, ließ er jeden Zugang zu den Überwachungsgängen zumauern. Die Wand im Zimmer von André und Benno war wohl schlecht gearbeitet worden.

Nur eine Möglichkeit des Zutritts ließ er sich selbst in seinem Büro. Durch diese Mauerlücke kehrte er jedes Jahr einmal in die Gänge zurück und legte bei Daniel Blumen nieder, um sein schlechtes Gewissen ein wenig zu beruhigen.

Doch nun, am Ende seiner Zeit an der Schule und kurz vor der hohen Auszeichnung, war sein schreckliches Geheimnis entdeckt worden. Möbius wollte sich den Triumph nicht zerstören lassen und drehte völlig durch.

Lilo, Luisa und Laudansky waren bereits durch die Tür des Direktionsbüros geschritten. Möbius hielt Abstand.

Hinter sich hörte er ein heftiges Räuspern. Erschrocken fuhr er zusammen und drehte sich mit einem Ruck um.

Er sah nur den leeren Gang. Zu spät bemerkte er den kleinen Schatten, der aus einer Nische sprang und ein langes Metalllineal schwang. Es sauste von oben herunter und traf die Waffe, die klirrend auf dem Boden landete. Möbius schrie auf und wollte sich darauf stürzen. Doch schon wirbelte eine zweite kleine Gestalt aus einem Gang und kickte die Pistole mit aller Kraft fort.

Aus dem Büro kamen Lilo und Laudansky gestürzt. Der alte Lehrer presste die Schultern seines Chefs zu Boden und hielt ihn fest, bis die Polizei kam. Möbius gestand, wo sich André und Benno befanden, und wurde dann festgenommen und in ein Krankenhaus gebracht.

Am Nachmittag durften Lilo, Poppi und Dominik ihren Freund Axel besuchen. Auch er war sofort ins Krankenhaus gebracht worden. Als die drei klopften und das Krankenzimmer betraten, fanden sie ihn im Bett sitzend vor. Er war noch sehr blass, grinste aber bereits wieder.

„Was haben sie mit dir gemacht?“, fragte Lilo herausfordernd.

„Ich hatte höllisches Glück!“, erklärte Axel. „Es war nur ein Nerv eingeklemmt. Daher die scheußlichen Schmerzen. Meine Knochen sind aber ganz.“

„Unkraut vergeht nicht!“, stellte Lilo trocken fest.

„Wir müssen öfter streiten“, sagte Axel.

Poppi glaubte, nicht richtig gehört zu haben. „Wie bitte? Öfter streiten? Spinnst du?“

„Klar doch. Wir hätten den Fall sonst vielleicht nie aufgeklärt“, meinte Axel. „Es ist wichtig, dass jeder seine Eigenschaften hat.“

„Klar, du bist und bleibst ein Giftzwerg!“, gab ihm Lilo Saures.

Axel grinste noch breiter. „Dann passt du gut zu mir, du Kneifzange.“

Die beiden sahen einander kurz an und schlugen dann lachend die Hände in der Luft zusammen.

„He, große Gratulation“, lobte Lilo Poppi und Dominik. „Ohne euch wäre ich auch noch in der Grube gelandet.“

Poppi und Dominik hatten es geschafft, lautlos das Zimmer zu verlassen und auf einen günstigen Moment zu warten, um den wahnsinnigen Direktor zu entwaffnen.

„André hat sich das Bein und Benno den Arm gebrochen. Und wenn sie aus dem Krankenhaus entlassen werden, wird es wohl auch noch Ärger für sie geben“, erzählte Lieselotte.

„Dafür ist das Internat Eulenturm geisterfrei“, strahlte Axel.

„Wir sind doch ein tolles Team!“, stellte Dominik zufrieden fest.

Beim nächsten Fall würden sie das bestimmt wieder beweisen.*

---

*Siehe Band 58: „Der Computer-Dämon“

DER KNICKERBOCKER-BANDENTREFF

Werde Mitglied im Knickerbocker-Detektivclub! Unter www.knickerbocker-bande.com kannst du dich als Knickerbocker-Mitglied eintragen lassen. Dort erwarten dich jede Menge coole Tipps, knifflige Rätsel und Tricks für Detektive. Und natürlich erfährst du immer das Neueste über die Knickerbocker-Bande.

Hier kannst du gleich mal deinen detektivischen Spürsinn unter Beweis stellen – mit der Detektiv-Masterfrage, diesmal von Poppi:

HALLÖCHEN!

Puh … ich bin ganz schön froh, dass wir diesen Fall so schnell gelöst haben. Das Internat Eulenturm war aber auch wirklich gruselig und viel länger hätte ich es da nicht ausgehalten. Ich mag gar nicht mehr an die erste Nacht denken. Da waren ja plötzlich diese Schatten im Flur und Lilo hat natürlich mal wieder tief und fest geschlafen. Typisch! Und ich musste allein nachschauen, was los ist. Schließlich hatten wir Herrn Laudansky versprochen, den Geistern auf die Spur zu kommen.

Die ließen dann auch nicht lange auf sich warten. Ich sage nur Dachboden und Lore May. Natürlich hatte diese unfreundliche Luisa ihre Finger mit im Spiel. Das hätte ich mir eigentlich denken können. Ach, warum erzähle ich euch das überhaupt alles. Ihr kennt die Geschichte ja schon. Und deshalb wisst ihr sicher auch, von wem Luisa die Lösungen für die bevorstehende Klassenarbeit hatte!

Die Lösung gibt's im Internet unter
www.knickerbocker-bande.com
Achtung: Für den Zutritt brauchst du einen Code. Er ergibt sich aus der Antwort auf folgende Frage:

Wie heißt das Werk des englischen Dichters und Dramatikers William Shakespeare, in dem es um die tragische Liebe zweier Jugendlicher geht, die verfeindeten Familien angehören?

Code	
50497	Sommernachtstraum
49507	Kabale und Liebe
47095	Romeo und Julia

Und so funktioniert's:
Gib jetzt den richtigen Antwortcode auf der Webseite unter **MASTERFRAGE** und dem zugehörigen Buchtitel ein!

Tschüss und bis bald
deine
Poppi

EIN VORGESCHMACK AUF DAS NÄCHSTE ABENTEUER DER KNICKERBOCKER-BANDE „SPUK IM STADION"

Die Halle hinter der Glastür war in Schneeweiß gehalten. Sie erinnerte Dominik an ein Krankenhaus. Axel hatte das Gefühl, er müsse hier seine ausgelatschten Sportschuhe ausziehen, um keine Abdrücke auf dem Boden zu hinterlassen.

Links und rechts führten breite Treppen in die oberen Stockwerke. Direkt vor ihnen begannen zwei lange Flure, die sich wie Stollen in das Innere des Stadions bohrten.

„Stadionleitung im ersten Stock!", rief Lilo und zeigte auf ein Schild neben der linken Treppe. Sie lief voraus und nahm immer zwei Stufen auf einmal.

Von einer ovalen Halle gingen sternförmig Gänge ab. Der Weg zur Direktion war auch hier gut beschildert und Lilo wusste sofort, in welche Richtung sie gehen mussten. Sie rannte mit großen Schritten den Gang hinunter, Axel dicht hinter ihr. Poppi und Dominik folgten in einigem Abstand.

Die elegante graue Holztür zum Büro der Stadionleitung stand offen. Dahinter befand sich ein großräumiges Büro mit einem grauem Teppichboden, aus dem der typische Neubau-Geruch kam. Es roch nach feuchtem Beton, Teppichkleber, Farbe und frisch ausgepackten Möbeln.

Lilo und Axel traten ein und sahen sich um. In dem weitläufigen Raum wirkten selbst der lange Schreibtisch und der runde Besprechungstisch mit zehn Stühlen klein. Die Wand hinter dem Schreibtisch wurde zur Gänze von einem Poster bedeckt, das eine Luftaufnahme des Stadions zeigte.

Dominik, der sich zwischen Lilo und Axel drängte, deutete auf den Schreibtisch. Dort lag ein schnurloses Telefon, aus dem das gleichmäßige Tuten des Besetztzeichens kam. Jemand musste es in Eile fallen gelassen haben.

Es gab zwei Verbindungstüren und beide standen offen. Poppi steckte vorsichtig den Kopf in einen viel kleineren Raum, der wahrscheinlich das Büro der Sekretärin war. Dominik fand hinter der zweiten Tür ein weiteres Büro. In beiden Räumen hielt sich niemand auf.

Aber wo war Rosanna Trissener? Was war nach dem Schrei mit ihr geschehen?

Langsam setzte Lilo Fuß vor Fuß. In ihr kribbelte das Gefühl, etwas Verbotenes zu tun. In diesem Büro hatte sie nichts zu suchen. Ihre Beine aber wollten unbedingt zu dem langen Schreibtisch, der nur aus einer Glasplatte und zwei x-förmigen Metallstützen bestand.

Auf der Platte herrschte wildes Durcheinander. Neben einem aufgeklappten Laptop lagen zahlreiche Briefe, auf denen zum Teil bunte Notizzettel klebten. Dazwischen lagen ein Füller, ein offener Lippenstift, ein Parfümfläschchen und eine Zange zum Aufbiegen der Wimpern.

Unter einem Stapel Fußballzeitschriften guckten ein paar Blätter heraus, die Lilos Aufmerksamkeit erregten. Das Papier war dunkelrot, die Buchstaben darauf waren golden. Das erste Wort lautete: *Tod.*

„Kommt jemand?“, fragte Lilo Axel, der an der Tür zum Flur stehen geblieben war.

„Nein!“

Auch in den angrenzenden Büros war niemand erschienen.

Mit einer schnellen Handbewegung zog Lilo die roten Zettel heraus und starrte auf die Botschaft, die ihr golden entgegenglänzte.

Tod den violetten Rosen
Rache für das Blut der Ahnen
Strafe für den Hochmut
Ich werde kommen
Der schwarze Tod

Lilo schauderte und schluckte trocken. Mit spitzen Fingern zog sie das oberste Blatt zur Seite und las das zweite darunter:

Violette Rosen welken
Blut tropft von den Dornen
Kopf ab

Die Texte auf den übrigen drei Zetteln lauteten ähnlich. Dominik, der Lilos Betroffenheit bemerkt hatte, las nun ebenfalls die rätselhaften Briefe.

Ein Flackern auf der gegenüberliegenden Wand ließ die beiden Knickerbocker aufschrecken. Es kam von einem riesigen Bildschirm, auf dem ein grobkörniges, unscharfes Bild zitterte. Es war schwarz-weiß und zeigte einen ziemlich großen nüchternen Raum mit zahlreichen einfachen Schränken an den Wänden. Auf dem unteren Bildschirmrand war eine Nummer zu sehen: 90009.

Lilo und Dominik starrten den Bildschirm an, als

müsste im nächsten Augenblick etwas geschehen. Das Bild sprang um. Nun war die Eingangshalle zu sehen, durch die sie gerade gekommen waren. Sie war menschenleer. Kurz bevor die Einstellung erneut wechselte, huschte eine große Gestalt aus einem der Gänge in Richtung Treppe.

„Da kommt jemand", zischte Dominik und hastete zur Tür. Lilo wollte noch die Blätter zurückschieben. Doch die verhakten sich unter dem hohen Stapel Zeitschriften und knickten ein. Leise schimpfend versuchte Lilo die Zeitungen mit einer Hand hochzuheben, dabei gerieten sie ins Rutschen und fielen zu Boden.

„Raus, Tempo!", trieb Axel an, ständig zwischen Gang und Zimmer hin- und herblickend.

Aber Lilo konnte nicht einfach verschwinden. Sie wollte unbedingt den Schreibtisch genauso hinterlassen, wie sie ihn vorgefunden hatte. Auf allen vieren kroch sie über den Boden und raffte die Zeitschriften zusammen.

„Wer seid ihr? Was ist hier los?", hörte sie auf dem Gang eine Frauenstimme, die ärgerlich und streng klang.

„Äh … wir … wir suchen Frau Trissener." Axel sprach langsam und gedehnt, um Zeit zu gewinnen.

Lilo dankte ihm im Stillen und packte die Zeitschriften auf den Schreibtisch zurück. Dass die dunkelroten Papiere dabei zerknitterten, kümmerte sie nicht mehr. Hauptsache, sie waren wieder unter den Magazinen.

„Das bin ich. Aber wer hat euch hereingelassen?“

„Also … viele Grüße von meiner Mutter. Klingmeier heißt sie“, fuhr Axel fort.

Die Frau wurde eine Spur freundlicher. „Ach, du bist wohl Helgas Sohn. Du willst das Match sehen.“

„Genau. Und das sind meine Freunde Dominik und Poppi und …“

Betont gelassen schlenderte Lilo aus dem Büro und trat vor eine Frau, die sie um mindestens drei Köpfe überragte. Sie konnte sich nicht erinnern, schon jemals eine so große Frau gesehen zu haben. Über das Jackett eines strengen grauen Anzugs, wie ihn sonst Männer tragen, hatte sie ein pinkfarbenes Schultertuch geworfen.

Aus einer dick umrahmten Brille traf Lilo ein prüfender Blick.

„Was hast du in meinem Büro zu suchen gehabt?“, herrschte Frau Trissener sie an.

Lilo zog die Nase hoch und wischte sich mit dem Handrücken sehr unfein darüber. „Taschentuch wegwerfen“, näselte sie. „Oder soll ich das verrotzte Ding in der Hand behalten. Machen Sie das?“

Die große Frau war von der Frage völlig überrascht und musste kurz überlegen.

Poppi fielen die flachen, sehr großen Schuhe auf, die sie trug.

Ein junger Mann kam die Treppe heraufgerannt. Er sprang in riesigen Sätzen durch den Gang, bis er vor der Leiterin des Stadions stand.

„Chefin!“, begann er außer Atem.

„Reden Sie mich nicht so an!“, schnauzte sie ihn an.

„Frau Trissener“, verbesserte er sich und schob eine lange Locke aus seiner Stirn. Für Axel fiel er in die Kategorie Lackaffe, Lilo fand den Typ niedlich.

„Wegen des …“, setzte er an.

„Später“, schnitt sie ihm das Wort ab. „André, bringen Sie den Jungen und seine Freunde in meine Loge.“

Auszug aus
„Spuk im Stadion“
von Thomas Brezina
Krimiabenteuer Nr. 63
ISBN 3-473-47096-1